遠村鳥事多

陳維鸚——著
許育榮——圖

目錄

名家推薦

黃秋芳（作家）

筆觸很淡，僅以深摯的真情領著我們走進簡單、清新、毫不造作的心情旅程，逆轉少年小說的既定想像，嶄露出一種非典型的隔代相處、鄉村刻畫和「阿公」形象，真誠地接受並不那麼「戲劇性的復古」，寧靜拓寬書寫邊界。也許有一些文字打磨不夠精細；也許有一些過場經營不夠細膩；也許在收尾的甜膩擁抱中過於理想化；也許還有這些、那些無從精確數算的小缺點……，卻在日常的真實、情緒的層次、生活的滿足與失落，以及所有愛與不愛的迷惑和糾纏，讓我們輕易靠近，以至於忽略了所有技巧上的挑剔，奇異地獲得首獎。

黃筱茵

（童書翻譯評論工作者）

《遠村烏事多》藉由文海被丟包在鄉下阿公家後發生的種種轉變，捕捉了青少年的蛻變與成長，也精準地描寫了鄉間的地景和人口變遷，與溫暖真摯的人情。故事在自然的流轉間層層推演各種關懷，用生動的語言，精采地刻畫每個登場角色，使村民們的樣貌躍然紙上、親切無比。阿公對村子、女兒、孫子與土地的愛使故事尤其柔軟美好，彩鷸鳥的生態與習性串接了通篇故事關懷的主旨——愛可以包容一切困頓與顛簸，生命的韌性只會因為試煉而更堅強，而且很多時候啊，暫時停下來也無妨，等你再度舉步，會發現曾幾何時，你心上早已盈滿信任帶來的力量。

鄭淑華（國語日報總編輯）

少年文海被躲債的母親拋在偏遠小村，跟著生疏的親人生活。小村裡，住的多是兒女遠離而獨居的老人，也有寄人籬下的孤兒……，其寂寥景象，映照自身處境，更添文海內心的創痛。然而，村民的彼此扶持，愛護土地和自然的態度，還有外公、舅舅的接納與關愛，終讓文海感受到小村的情與義，並願意直面自己的困境。

作品寫實刻畫台灣偏鄉的風土與人情，透過少年視角發現小村的底氣與生機，從中找到成長的力量，讀來溫暖感人，給人希望與勇氣。

意外之旅

1

媽媽提著行李箱，要我一起離開時，並沒有感到奇怪。

那天下著雨，抵達火車站時媽媽的褲管和鞋子全濕了，但她一點也不在意，上車後還問鄰座大嬸賣便當的來了沒，彷彿只是一趟簡單的旅行。到站後，她誰也沒通知，我們攔了計程車，一路來到阿公家。

媽媽和我突然出現讓阿公很驚訝，他看到都忘了招呼，媽媽只好尷尬先出聲：「我們回來了！」

「喔，餓了吧。」阿公什麼都沒問，默默走進廚房煮了兩碗麵。

其實我已忘記阿公的長相，但對房子隱約記得，小時候曾在客廳跑來跑去被爸爸訓斥，有個老人抱起嚎啕大哭的我輕拍著說：「來去後院看鴨鴨吧！」回想起來，這個人應該就是阿公，因爲跟印象中的模樣相似，只是不記得面容了。不知道爲什麼之後我們沒再來，媽媽也很少提鄉下的事，於是漸漸地從我腦袋裡消失，所以這次竟然會來這裡，令我感到非常意外。

起初幾天像是沒發生任何事，媽媽躺在她小時候的床懶散睡了很久很久，好不容易清醒又像夢遊般在屋裡晃來晃去，只有在阿公叫她吃飯時，才會整個人甦醒過來。我聽見阿公問媽媽以後要怎麼辦，她只是嘆氣。

有天媽媽精神比較好，要我陪她一起出去走走。阿公家在東北城鎮裡的一個小村，到處都是農田、菜園、水鳥、水圳，相較之前住在人潮擁擠的城市，這裡顯得寬廣許多，偶爾遇見幾個騎腳踏車的路人迎面而過，大多時間只有我和媽媽，或許因為如此，她聊了一些小時候的事，都是我未曾聽過的。

「以前總希望自己快點長大，好離開這裡，可以過自己想要的生活，但現在卻希望永遠留在小時候，不要長大該多好。」

「不行！那就不可能有我了啊！」

媽媽被我的話嚇了一跳，趕緊摸摸我的頭：「啊，我很高興有你，那是唯一美好的事。」

我們並肩走了許久，來到稍微熱鬧一點的地方，其實商店也是零零星星，暗暗幽幽的傳統麵包店、霓虹燈故障的理髮廳，裡面都沒有客人，轉角鐵門半開的電器行，上著髮捲的老闆娘在門口掃地，豬肉攤老闆邊剁肉邊跟隔壁賣菜阿伯聊天，一切像是播放慢動作的影片，媽媽嘴角一勾說很久沒回來了，竟都沒有改變。

舅舅的雜貨店在不遠處的三角窗，走近時卻覺得陌生，印象中的老舊紅瓦房褪去了青苔與斑駁，取而代之的是綁滿世界國旗的牆面，以及與窗一樣大的 Led 燈看板，跑馬燈閃著「歡迎光臨」、「老闆常常不在家」、「請自便」。

「這應該是你舅舅的店啊，怎麼不一樣了？」

我們在門口探頭探腦，果然是「老闆常常不在家」，裡面安靜無聲，連個人影也沒有，隔壁房子牆上掛了小小看板寫著「本日公休」，從外觀看不出是什麼店，媽媽沒有太大興趣，拉著我繼續往前。順著圳溝走，來到一所沒有圍牆的學校，僅以數個半掩入土的汽車輪胎為界，校門口是低調不顯眼的矮石牆，再嵌入淺灰色的校名，幾個小孩正在滑溜梯、盪鞦韆，教室不多，樹木很多，操場圓又大，天空非常遼闊。

她突然停下腳步：「你就來這裡讀書吧！」

「嗯？」

她指著學校教室建築後方探出頭的一棵大樹：「你看！它長得好高大，你一定也可以。」

媽媽沒頭沒腦的話讓我一頭霧水，這些話是什麼意思？但她沒讓我想太多，反常地勾起我的手臂繼續往前走，由於實在太過貼近、太不習慣，身體不時撞來撞去，我難為情想掙開，媽媽卻抓得更緊，就像上回喝醉那次，她把我誤認成死去的爸爸，死命抓著我，事後我的手臂還留了一大塊瘀青。

我有些擔心：「媽，怎麼了？」

「沒事，我覺得你好像又長高了，很快就是大人了，到時候還會需要媽媽嗎？」

「妳又在說什麼鬼話！」

她把我抱得更緊，一句話也沒說。

舅舅的雜貨店

2

隔天起床後只看見阿公，他說媽媽天未亮時走了，還說會盡快回來。

騙人！她又騙人！

我沮喪坐在沙發上，強忍心中怒火，媽媽總是這樣隨心所欲，完全沒有考慮我的心情，真是自私到了極點，明明都是大人了，還這麼不負責任，把自己小孩當做貓狗嗎？就算是飼養的貓狗也不能隨意棄養啊？

阿公盯著我欲言又止，可能不知道該怎麼對待我，就像我也不知該如何面對他。坦白說，我們彼此根本不熟識，見面次數連五根手指頭都數不完，對我來說他就像隔壁鄰居，非常陌生，現在該怎麼辦呢？

我只能生悶氣，氣到快瘋掉，只能搥打自己，死命扯頭髮。

阿公擔心說：「別這樣，會受傷的。」

「可是我很氣。」

「我帶你搭車回去，你認得路嗎？」

「你什麼都不知道吧？媽媽沒跟你說實話吧？」我咬著唇，決心把偷聽來的話都說出來：「什麼都沒有了，房子被房東收回了，因為沒有付房租。媽媽和那個男人欠了一大筆錢，為了躲討債，男人早已經落跑，我們也沒有去處，但沒想到媽媽竟然把我丟在這裡。」

果然如我所料，阿公並不知曉，他很震驚。

「你說的都是真的嗎？我不知道事情這麼嚴重。」

「我媽她就是個大騙子，騙我考一百分就出國玩，上學聽老師的話就會有朋友，還說爸爸身體會好起來，結果沒有一個是真的，爸爸最後在醫院走了。媽媽老是用謊話敷衍我，隨口幾句就想打發過去，我早就說那個男人不安好心，不是好人，她卻要我別頂嘴鬧脾氣，然後她現在又偷跑走。」

好氣！悶在心裡的話全都吐出來了，腦袋、胸膛就快要爆炸，我的臉頰發燙，整顆頭冒著煙，再不做點什麼就會像鞭炮粉身碎骨，我火速跳起來，不管阿公的呼喚，用力推開門，像百米競賽那樣，一直一直向前衝。

騙子！騙子！這世界到處都是騙子！

不知道跑了多久，直到大腿痠了，才停下來靠在一棵大樹旁喘氣，因為沒有穿鞋，碎石子刺傷了腳，疼死了，我真是衝動的笨蛋，跑到那了也不知道，到處都是稻田和電線桿，打量四周，右側有間老舊三合院，再過去一點是二樓透天厝，這時陽光已有強度，我全身灼熱，汗如雨下。

一隻黑狗從三合院跑出來朝我狂吠，耀武揚威的模樣，不斷露出尖牙逼近，我跺跺腳想嚇唬嚇唬，牠卻更囂張，憤怒跳腳示威。可惡！連狗都看我好欺負，為什麼要怕牠呢？我拾起路旁石子朝牠扔去，一顆接著一顆，黑狗哀叫連連。

「你在做什麼！」頭戴斗笠的胖大嬸騎著腳踏車回來，怒氣沖沖對我吼：「我們 Lucky 很乖，你不要欺負牠。」

大嬸凶極了，氣勢強大，絲毫不比黑狗遜色，罵人時額頭的皺紋更深，眼神更犀利，猶如一艘攻擊力強大的航空母艦，直接轟頂。眼見主人挺身保護，黑狗更加放肆咆哮，根本看不出乖巧模樣。從小到大沒遇過這情景，加上人生地不熟，渾身狼狽，他們倆的戰鬥力讓我感到害怕，只能掉頭就跑，沒想到大嬸動作比我還快，一個箭步揪住我背後衣領。

「你是做了什麼虧心事嗎？偷了什麼？想逃跑？」

「我沒有！」

「你是那家的小孩，怎麼沒看過，沒穿鞋子到處亂跑，你家大人在那裡？」

講到大人我的氣就來了：「我家沒大人，大人全死光了！」

「你這個小孩，講那個什麼話！」

大嬸索性擰起我的耳朵。

「很痛咧！」我哀嚎。

「我幫你家大人好好教訓你，沒有分寸！」

「誰要妳多管閒事，我媽都不管我了！」

真是一個恐怖大嬸，嗓門大，力氣也大，我極力想掙脫，卻根本不是她的對手，完全被制服，喉嚨被衣領掐住，就快喘不過氣，聽見不遠處有人喊著：

「有春嬸啊，請放手啊，那是我外甥啦！」

感謝老天！阿強舅舅騎著摩托車經過坑坑疤疤的石子路，正抖抖而來。幾年不見的阿強舅舅，肚子變得更圓，下巴更厚了，更慘的是額頭光亮，髮際線退得好遠，龐大身軀讓屁股下的摩托車看來弱不禁風。明明上回帶孩子到我家來時，都還是個壯碩男人，現在卻成了滄桑大叔。

聽見舅舅呼喊，可怕的有春嬸總算鬆手，轉而向他一一數落我的不是，但越聽越火大，明明一切導火線都源自她家的狗亂吠，怎麼變成我是沒教養的小孩，欺負他們家的狗，我氣得想抗議反駁，卻被阿強舅舅阻擋下來。

「不好意思啦，有春嬸啊，孩子剛從外地來，不熟，不是故意的，他很累了，我現在帶他回去，謝謝，謝謝。」

阿強舅舅連忙道謝，好阻止有春嬸繼續說下去，一邊則拉我坐上後座，猛催油門，快速離開。

舅舅的雜貨店像是張了嘴的大魔獸，我就是被它吞噬的獵物。

儘管外面變得花俏，但裡面實在老舊，屋頂是由瓦片和木條組成，到處都有補了再補的痕跡，購物架胡亂擺放，兩側雖有小小走道，但牆邊木櫃都堆滿物品，天花板除了掛有一小盞日光燈，還吊了多根掃把、畚斗，一不留意很容易被打到，屋內既悶且暈，光線也不好，難怪昨天經過時安靜無聲，根本不會有人想進來買東西。

阿強舅舅讓我坐在高腳圓凳上，拿了雙藍白拖給我，但那鞋滿是污點還帶黑斑，能穿嗎？他拿衛生紙幫我擦拭雙腳泥塵，在傷口塗上碘酒。

「啊，好痛！」

「你們城市人是因為鞋子太多不知道穿那雙嗎？」

這個冷笑話不好笑，我翻了白眼。

「你的事我聽說了，別難過，我這個姊姊從小到大都是不按牌理出牌，唉。阿公要我來找你，他很擔心，待會兒送你回去，再等一下，我還有幾個貨要送。」

見他從雜亂物品中熟練地翻出一箱啤酒和兩大袋米粉，還有兩箱泡麵和許多罐頭，一一裝箱綑綁好後，又騎車出去了。

就這樣留我一個人，顧店嗎？

我環顧四周，老實說還挺可怕的。

之前住的城市沒有雜貨店，只有乾淨的便利商店，店內東西擺得整整齊齊，空間明亮，不像雜貨店天花板、牆角都有牽絲的蜘蛛網，連地面都是凹凸不平的水泥地，陰陰暗暗的，貨品看起來像是囤積很久，搞不好吃了都會拉肚子，怎麼會有人敢買。

才剛閃過這樣的念頭，就有個白髮阿伯走進來。

「阿強咧？不在喔！」他從櫃檯旁架上拿走一包菸，丟了幾個銅板在桌上便要離去：「我把錢放這裡喔。」

「阿伯，你不等老闆回來嗎？我不知道這個錢對不對。」

「我常來買啊，就是這個錢啊！不信你等等問阿強。」阿伯不耐煩轉頭就走。

半小時後，又有個阿姨匆匆忙忙進來，穿著拖鞋啪嗒啪嗒，熟門熟路直往食品櫃，一手拿了瓶醬油，另手則挑了兩顆雞蛋。

「跟阿強講，我三姨啦，記在帳上。」

說完便又啪嗒啪嗒離去，整個過程不到一分鐘。

沒多久又進來三個小學生，從架上抓了幾包零食，把銅板放在桌上，就嘻嘻哈哈跑出去，連看我一眼都沒有。我的老天爺啊，阿強舅舅怎麼這樣做生意，自己不顧店，讓人隨意進出取貨，萬一有人貪小便宜不付錢或是少給錢，不就虧本了嗎？

正當我覺得不可思議，又有人進來了。

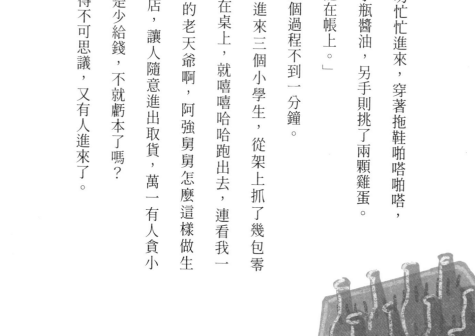

這次是個跟我差不多高的男生，眼睛細瞇成線，眉毛非常淡，又理了小平頭，加上方方正正的臉讓我聯想到橡皮擦。

他根本無視我的存在，逕自走到最後方尚未整理的貨品堆裡，翻箱倒櫃，不知道在找什麼，由於行動實在可疑，我無法不理會，只見他拿了什麼放進口袋，然後又繼續翻著。

「喂！」

我出聲制止，他卻無動於衷。

「喂！你在做什麼？」

我再次放大聲量，他才停下動作，斜眼瞄了一下，依舊面無表情，連眼神也不與我回應，這人實在太奇怪，我明明已經斥責，他卻若無其事，繼續低頭翻找，這種行為根本就是小偷！

顧不得腳痛，我跳下板凳、穿上藍白拖，伸手阻止：「那有人這樣明目張膽偷東西！口袋裡裝了什麼？拿出來！」

見他不理，我只好用身體推擠，他拚命抵抗，我於是將他撞向櫃子，試著拿出他口袋裡的東西。

他怒吼大叫並動手攻擊，我們倆相互糾纏倒在地上打滾，誰也不甘示弱，在狹窄空間內扭打，店內東西被撞得七零八落，不斷有東西砸在我們身上。

「啊！」

「噢！」

阿強舅舅正好回來，焦急喊著：「不要動，不要再打了，東西都被你們撞壞了！」

他從外面叫來幫手，幾個人合力搬開散落的東西，將我們扶起。阿強舅舅竟然先轉頭問那個人：「小智，有沒有怎樣？還好嗎？」

那個叫小智的人沒有回應，只焦急翻著口袋，發現東西還在時，警戒才鬆了下來，但他誰也沒有理，便朝大門走去。阿強舅舅沒攔他，也沒再喚他，似乎對這樣行徑並不覺得奇怪。

我想解釋，但阿強舅舅沒給機會，他一開口就責怪：「怎麼回事？為什麼那麼衝動，不能控制一下自己的脾氣，覺得腳傷還不夠嗎？非要打得渾身是傷才過癮，是嗎？」

他以為我喜歡打架嗎？就跟學校老師一樣，幫我貼上標籤了，那也沒什麼好說的。我咬了咬牙，忍住想說的話，退回剛坐的高腳板凳，冷眼看著阿強舅舅與他的朋友整理現場，我知道是自己闖的禍，應該過去幫忙整理，但卻一點也不想。

3 轉進小村學校

在阿公的堅持下，我轉到附近學校就讀，就是媽媽之前指的那間學校，我猜她早就預謀好了，計畫性將我甩開，很無奈，誰叫我只是個小孩，還沒有能力自己做決定。

阿公也很無辜，甚至應該說倒霉嗎，他沒有別的選擇，所以一早就好說歹說勸我去學校。

「我不想去，不能待在這裡嗎？」

「不管發生什麼事，還是得上學啊，待在家裡很無聊的，我這邊什麼都沒有，倒是後院有養幾隻雞，你想幫我餵牠們嗎？還是要種菜？」

屋子裡除了藤椅和桌子，還有故障的電視，什麼都沒有，就連手機收訊也斷斷續續，老人家的生活鐵定很無聊，倒不如去學校，看看窮鄉僻壤的地方都在學什麼，假若眞的很無趣，再翻牆蹺課就好。爲了不讓阿公爲難，我只好點頭答應。

班導師個頭嬌小，說話語調軟綿綿，戴著銀邊眼鏡，綁了個馬尾，穿著成套的粉紅運動衣，看起來就像高中生，她跟阿公有說有笑，看來極為熟稔。可是當阿公一離開辦公室，她就收起甜美笑臉，拿出一個已裝有許多手機的紙盒，命令說：「手機交出來，下課後再還給你。」

怎麼跟之前的學校一樣搞這種規定，鄉下學校怎麼沒有輕鬆一點？我不情願掏出手機，但還是想掙扎一下。

「萬一有人打電話給我，說不定是緊急電話，我是說我媽媽可能會打電話給我。」

「你媽媽不會打來的，何況就算有事，你阿公會到學校。」

導師說的斬釘截鐵，儘管是事實，但還是像拿了把大槌重重敲在心上，我瞪大了眼，她仍毫不留情繼續說：「你的事我都知道，不要為了留住手機找藉口，還有那天在雜貨店跟小智打架的人就是你吧，在我班上功課不好沒關係，但什麼打架、蹺課、抽菸之類的，千萬別給我亂來，被我逮到絕對毫不客氣送到警察局。」

外表溫柔甜美，怎麼說起話來句句帶刺，送到警察局又怎樣，我心裡冷笑，這種話只能威脅乖乖牌，雖然我不吃她那套，但也不想惹麻煩，就閉嘴好了。導師領我到教室，原本鬧哄哄的學生迅速回座恢復安靜，看來真的是母老虎，但讓我吃驚的不是這個，而是那個叫小智的，竟趴在離導師辦公桌最近的第一排座位睡覺。唉，不是冤家不聚頭啊。

「你就坐李小智旁邊，只剩那兒有空位。」導師帶著半威脅的口氣，低聲說：「記得我剛剛跟你說的，別踩我的線。」

同學們交頭接耳，嘰嘰喳喳，一副看好戲的表情，他們以為會發生什麼事嗎？母老虎導師並沒有責怪睡覺中的李小智，常理不是應該會暴怒嗎，但她只是不耐煩嘶嘴，然後走上講台。

「各位同學，這位是轉來的新同學張文海，大家要好好相處喔！」

同學們有氣無力地回覆：「好。」

李小智依舊不動如山，彷彿全世界都與他無關，我小心翼翼拉開座椅，同時也注意到同學們的眼神，好像在觀看獵物即將踏進陷阱裡，不過很可惜要掃他們的興了，我輕輕坐好，拿出課本，完全沒有打擾到鄰座，什麼事都沒有發生。

轉學第一天，沒什麼災難性場面，雖然有幾個人好奇湊過來，但都被我冷淡回絕，既然導師要我別惹事生非，就如她所願好了，少跟其他同學接觸，反正我是被迫來的，沒必要迎合這一切。

接下來的日子，繼續保持低調，同學們失去好奇心，漸漸當我是空氣，導師的目光總算沒一直盯著我了。

我對新學校沒有期待，但初步有兩大神奇心得，一是功課變簡單了，不論是數學還是理化，明明是一樣的課本，但老師講什麼都聽得懂，可能是慢慢講解的緣故，不像以前學校老師教得飛快，我去補習班趕進度，拚命追，也不見得能跟上車尾燈；另一件事是我隔壁的李小智，天天都是從第一節課睡到最後一節，只有吃營養午餐時會自動醒來，狼吞虎嚥吃下一堆，還把大家沒吃完的全搜刮，讓飯桶、菜桶都見底，肚子填飽後又繼續睡，大家好像都司空見慣，老師也不會叫醒他，對他來說好像所有人都不存在，李小智就像冬眠的大熊，世界裡只有自己。

我實在納悶，忍不住問了坐在後面的女同學。

「你們都習慣他這樣嗎？」

女同學聳了聳肩：「沒辦法啊，唯有這樣才能和平相處，大家都不想惹麻煩啊。」

越聽越迷糊，李小智雖然目中無人，但看起來沒有威脅性，也不像混幫派黑道，怎麼從同學口中聽來卻像危險份子。

「他是有那一根筋不對嗎？」

「給你一個勸告，千萬不要影響他要做的事，萬一打擾到他的固定行程，那就會天下大亂了喔！」

女同學神祕兮兮說完後，正巧放學鐘響了，她捂著嘴咯咯笑，然後揹起書包就走了。

幾個星期過去了，我抓到生存法則，學習像隱形人在學校活著，也發現許多與以前不同之處。

以前上學搭捷運還要再轉公車，每天都在跟時間比賽，放學後得去補習班，回到家已經十點多，現在學校離阿公家不遠，靠兩條腿步行，有足夠時間吃早餐，但早餐店只有一家，完全靠祖傳祕方經營，愛加什麼配料全隨心所欲，可怕的是老闆和老闆娘愛鬥嘴，常常吃到加了兩次番茄醬的漢堡，要不就是甜膩膩的紅茶。好處是若不小心睡過頭，被早自習預備鐘聲驚醒，跳起來狂奔也都來得及，何況學校沒有圍牆、沒有校門，絕不會被關在門外。

以前在大學校，學生人數爆多，大樓多、教室也多，不論走到那裡都是人，上廁所要排隊，福利社要排隊，就連走樓梯也要排隊，下課後都是嗡嗡嗡講話聲；現在學校一個年級僅有兩班，全校也不過六個班級，雖然建築物不多，但操場有夠大，籃球場、棒球場應有盡有，習慣在擁擠人群中生活的我，覺得這裡好空曠，連喊個人都得用盡全身力氣。

特別是教室後面有大片空地都是菜園，種有蘿蔔、地瓜和一些青菜，全靠各班投票表決認養種植項目，還有一區是兔子王國，裡面定居了四、五隻兔子，每節下課都有好多女生擠在那裡。更奇特的是還有一排單槓和插有五根細竿子的東西，看起來挺像筆架，聽同學說那是爬竹竿，真正用途就不清楚了，另一側有三棵大榕樹和一棵很高很高不知名的樹，就是媽媽之前看見的，瘦瘦軀體長了好多像翅膀的分枝，每棵樹之間都有一小圈一小圈的花圃，種滿各式各樣的小花，和突然冒出頭的雜草。

我閒閒沒事就在校園亂逛，走一大圈就滿頭大汗，因為地廣，不會與人擦撞，更不用四目相接，真是孤獨者的樂園，唯一不太適應是會有不同大小的球飛來，得學會閃躲，這裡的學生都很愛打球，放學也不急著回家，書包隨地一扔，就集合打起球來。

大家對功課都滿不在乎，滿分很棒，不及格也無所謂。這樣也好，我應該不會排倒數了吧，媽媽不會看到成績單又嘮叨了吧，嗯，閃過這個念頭時，突然覺得有些可笑。媽媽還會在乎我的成績嗎？把我丟在這裡這麼久，竟然連一通電話也沒有。更糟的是媽媽手機已經打不通了，應該是換了手機號碼，為了躲債嗎？可是不能連兒子也躲吧？

三年前爸爸丟下我去了天堂，現在換媽媽也拋下我了，心破了一個洞，塞什麼都無法填補，剛開始覺得憤怒，但現在是更多的不安和不滿，誰知道我何時又會被丟到那裡，阿公已經退休，阿強舅舅有自己的家，如果媽媽遲遲都不出現，該怎麼辦？

能讓我暫時忘掉煩惱的只有手機遊戲，我比過往更加依賴，將注意力移轉到絢麗畫面與刺激搏鬥，專心與遊戲裡的大魔王作戰，想辦法囤積炮彈火藥、補充血能量，拚命攻擊，破壞的快感讓人忘記一切，除了上課時間，我的眼睛幾乎都盯著手機螢幕，就連晚上關燈睡覺，也躲在棉被裡奮戰。因此常常早上爬不起來，經常遲到，加上濃濃黑眼圈，阿公察覺到我的異樣，有天夜裡，正窩在被子裡廝殺時，阿公輕敲我的房門。

「文海。」

我不敢出聲，裝睡。

「我知道你還沒睡。」阿公推門進來，蹲在我床邊：「你在煩惱什麼？為什麼不睡覺？」

「因為睡不著啊。」

「你一直抱著手機。那個好玩嗎？」

「嗯，非常好玩，因為可以讓我忘記很多事，有些事情我不想記得。」

一說出口我就後悔了，好討厭，不該這樣的，知道阿公一定會勸我，那些大道理我都清楚，只是現在一點也不想聽，我拉起棉被把頭藏進去。

「阿公，我想睡了，真的，我是說真的。」

阿公嘆了口長氣：「我知道你覺得自己被困在這裡，但這個小村是有魔力的，你得走出去才會明白。」

什麼魔力？讓人發瘋的魔力嗎？我想翻白眼，但很可惜不行，因為我已經閉上眼了。

與阿公的約定

4

老天給的麻煩真不少，完全沒料到的事發生了！

下課後衝回家，快速躲進廁所，滑開手機準備大戰一場，卻一直出現「無法連接伺服器」，心想是不是軟體故障，想線上詢問戰友，才發現根本無法上網。

手機原是登記在媽媽名下，一定是沒繳費，忘記了嗎？連精神糧食也被剝奪，好想哭，好恐慌，這樣的日子還要持續多久？不行！沒辦法玩遊戲活不下去，沒辦法跟戰友並行，痛不欲生，無法忍受。

我到後院找阿公。

「阿公，家裡有 wi-fi 嗎？」

「啊，什麼歪了？」

看樣子他根本不曉得，我得另尋生路。

跑到雜貨店找阿強舅舅，他正在盤點清貨。

「舅舅，你這裡有 wi-fi 嗎？」

「當然有啊。」

「能分享給我嗎？」

他轉頭瞄了我一眼，又繼續埋首工作中。

「不行，你得問阿公。」

「阿公根本不曉得那是什麼東西，我怎麼問啊！」

我沮喪蹲在牆角，覺得大人們都很壞，處處限制小孩，我該怎麼辦呢，好氣，扯頭髮、敲頭，望著手機裡跑不動的遊戲，不知道下一步該做什麼。沒多久阿公意外來了，是阿強舅舅通風報信的吧，阿公像撿小狗那樣蹲在我面前：「真的非玩不可嗎？」

我點點頭。

「那好，我們做個約定。你幫我跟舅舅的忙，平日下課到雜貨店來，假日則跟我，從旁協助我們幾個小時，就給你雙倍的上網時間，如何？」

這確實是個不壞的提議，再說好像也沒有別的辦法。

望著阿公伸到我眼前的右手，我將自己的手握上去。

「一言為定。」

下課後到阿強舅舅雜貨店報到。

一頭亂髮的他大大嘆了口氣，不情願地找了張紙，釘在櫃檯後的木板上。

「我會把你來的時間記錄在上面，你先整理後面房間裡的罐頭與食品，把過期的挑出來，剩下一週過期的也特別挑一邊。小心輕放，不要摔壞東西了，更重要的是別再打架，那天可把好多東西撞毀了！」

阿強舅舅邊說，轉身時卻不小心把壁櫃上的泡麵掃下來，還忍不住罵了句髒話，但隨即意識到我在現場，馬上伸出食指做了警告手勢。

「我是故意示範給你看的，千萬不能學喔！」

還以為我是三歲小孩嗎，誰會相信這麼蹩腳的說詞，舅舅的樣子就像我那些中二同學，虧他已經是兩個小孩的爸爸。媽媽說阿強舅舅從小就頑皮，不愛唸書，以前都是阿公騎腳踏車載他去學校上課，看到他進校後才返家，但沒想到阿公一走，阿強舅舅馬上翻牆蹺課，甚至跑得比騎腳踏車的阿公還快，早一步溜到溪邊玩水，把阿公氣得半死。

因為不愛讀書，考試成績自然不會好，不像拚命讀書的媽媽到大都市求學，阿強舅舅職業學校勉強畢業後就留在鄉下，這間雜貨店是隔壁鄰居叔公便宜賣給他的，因為叔公小孩在城市買了新房，把他接走了。媽媽以前總愛告誡我，不好好努力讀書就會像舅舅，只能在鄉下開雜貨店，跟一群老人在一起。

我不知道阿強舅舅是那來的勇氣，還是真的不夠聰明，竟然承接了一間遲早都會關門的雜貨店，應該常常漏水吧，颱風來時擋得住嗎？我在後方整理罐頭，發現有的覆蓋厚厚一層灰，有的竟然還發霉長黑斑。才一會兒我就開始打噴嚏，雙手很快就烏麻麻，心裡嘀咕著阿強舅舅超級不會經營時，就聽見他喊：

「我出去送貨了！你要乖！」

為什麼又出去送貨？是趁機出去遛達吧？大人不是都說人要自立自強，還是村子裡的人太懶惰，老是喜歡差遣別人送到家？

算了，不關我的事。舅舅不在，反而可以偷懶。

雜貨店大多時都是靜悄悄的，但放學和煮飯時間總會有人進來，已經習慣不理會，我不是埋頭整貨，就是偷玩手機，但不自覺還是會抬頭瞄幾眼，心裡頭總擔心萬一有人進來搶劫該如何是好，就像之前新聞報導有人拿刀或槍搶劫便利商店，若真的發生該躲在那裡好呢，後來又覺得自己真是白擔心，這店內有什麼好偷的呢？每個人都大搖大擺進來，若真沒放錢，我也不知道啊。

有天竟然遇到李小智，情況就跟那天一模一樣，他逕自走到罐裝飲料區域，然後蹲下來，一個個仔細端詳。我學乖了，沒有出聲，而是停下手邊動作，盯著他，李小智沒有察覺我的存在，他很專心找，就像全世界只有他一個人。

他到底吃錯什麼藥啊？令人百思不解，直到離開李小智都沒有察覺我就站在不遠處。

舅舅送貨回來常常都超過晚餐時間，雖然他事前說可以先回阿公家，但我總是留下來，等他一起關店。雜貨店晚上是不營業的，但偶有幾次我跟阿公飯後散步經過，卻發現燈還是亮著。阿公說：「總有幾個村民會吵著來買酒，有時還到他家敲門，要他把雜貨店門打開。」

「噢，好沒禮貌喔，怎麼這樣！」

「他說反正也不遠，就算了！」

真是個沒原則的舅舅，人善被人欺嗎？像被全村民使喚著，換成是我一定會把規矩訂清楚。這些日子整理食品與罐頭讓我噴嚏打不完，回家後立刻洗澡也沒有辦法消除，深深覺得這樣下去不是辦法，應該要把亂七八糟的擺放方式改變一下，所有物品都該好好分類，但我真的要那麼雞婆嗎?這樣做有什麼好處呢?越想我的頭越大。

我阿公是很奇怪的人。

不是那種變態的怪異,而是跟一般老人很不一樣。話又說回來,我真的知道一般老人是怎樣嗎?總之,他不是電視宣傳影片描述的孤單老人,呆坐在沙發猛按電視遙控器,一不小心就睡著,要不就是忘了吃藥,搞不清楚今天星期幾。阿公不是這樣,他既不囉唆嘮叨,頭腦更是清楚,家裡乾乾淨淨,物品更是擺放整齊,他常說東西夠用就好,不像媽媽老是趁打折囤積一堆物品,像隨時要鬧飢荒,搞得家裡像倉庫一樣，媽媽沒有遺傳到阿公的優點，難怪他們父女相處很尷尬。

阿公一身清瘦，下巴白鬍總是整整齊齊，天未亮就起來，先是甩手練功，再到後院菜園拔菜，煮稀飯、煎蛋，燙一大盤自己種的青菜當早餐，但這個完全不是我的菜，我向他解釋這個世代的學生，都是吃薯餅、漢堡，要不就是蛋餅、三明治，沒想到阿公居然去拜託街上唯一西式早餐店的老闆，每天準備好一個漢堡蛋和三明治，讓我上學經過時去拿。

說真的，我媽都沒對我這麼好。

不清楚阿公平日做什麼，但可以確定是在做某件事，他晚餐後都窩在二樓書房，裡面是一堆讓人看了就頭痛的大塊書，有面牆壁貼了滿滿的紙，上面寫了好多密密麻麻的數字。

我曾開玩笑問阿公，這該不會是跟外星人通話的密碼吧？

他回我說是在「練肖話」嗎？

不過我猜阿公要我幫的忙，鐵定跟這件事有關。星期天早晨阿公神祕兮兮給了我一份地圖，然後就說要出發了，在門口卻看見阿公腳踏車旁多了一輛淑女車。

「這個？」

「跟有春嬸借來的，如果走上一整天，你的腳一定受不了，還是騎腳踏車比較好。」

「一整天？」我傻眼。

還沒有開始，已經先腿軟。

坐在淑女車上沒有想像的尷尬，因正好符合我的身高，騎起來不費力，加上緩緩行進，清風拂面，有說不出的暢快。阿公一隻手握住手把，另隻手插進背心口袋，邊騎邊哼歌，十分瀟灑。我想學但不敢，太久沒騎腳踏車了，此刻只能要求安穩。

一路上不斷有人向我們招手。

「土豶老師！早安！」

「土豶老師，你要去那裡？」

咦？他們是在叫阿公吧？土豶是啥？

每見到一個人，阿公就停下來寒暄，聊天內容都是一些雞毛蒜皮事，很奇怪咧，他們為什麼要向阿公報告自家事，不都說家醜不外揚，連孫子數學考鴨蛋、醉酒兒子被媳婦罰跪都敢講，我實在有些不耐煩。

「阿公，我們到底要去那裡？再這樣拖下去，永遠都到不了。」

阿公只好不往街上走，而是彎進小路，繞著綠油油的稻田走，接著再拐進另條小路，這些路彷彿深印在他腦海，可以隨意自在行走，完全不會迷路。但我早已失去方向，只能緊緊跟在阿公身後。

「有看過水稻抽穗嗎？」

「那是什麼？」

他停下車來，要我彎腰仔細看稻田。

綠色稻穗從葉腹向上伸出，葉片緊緊包圍保護著，阿公說這個就叫抽穗，有些甚至已經開了小小的花，像點綴的尾巴，美麗極了。每天都要吃上好幾碗白米飯，卻沒看過稻米長什麼樣，更別提居然還會開花。

「現在就是稻米懷孕的時候啦，再過一、兩個月，稻穗會漸漸長大變黃，慢慢下垂，但並不是所有的稻穗都能好好長大，還是得努力的。」

「為什麼？」我吃驚問。

「如果這段時間遇到寒害，或是生了病，都有可能會使稻殼長不出白米，變成空包彈啊。」

「農夫的心血不就泡湯了！」

「所以說農夫是靠天吃飯，耕作很辛苦的，雖然現在已有機械協助，但還是苦差事。以前的人啊，因為是祖先留下來的，說什麼也想守護，不過現在時代改變，這種吃力不討好又不能賺大錢的工作，沒有太多年輕人願意承擔了。」

經阿公這麼一說，想起在上學途中遇到的農夫，確實大多是阿伯或是伯公。不過也不能怪年輕人，若真叫我一大早起床就下田，或是施肥、灑農藥，我大概一個月就落跑。

阿公指了指不遠處：「你看！那邊的田就休耕了，那是阿財的地，他腿受傷沒辦法做了，小孩都在外地，也沒人願意回來。這個還算好的，有的人索性把田都賣了，然後……不說了，不說了，說了

也只是感嘆。」

他搖了搖頭，凝視著遠方。

聊到這裡，我忽然想到一個大問題。

「阿公，你的田呢？你的田在哪裡？」

「我沒有田。」

為什麼阿公會是陌生人呢？因為幾乎不知道他的事，這幾年都沒有見面，只是空有的一個名詞。以為阿公應該是老頑固，不然就是脾氣很壞的老人，所以媽媽不愛提他，但經過這陣子相處，覺得阿公並不是那樣。

小學時，有次作業要填寫親屬樹狀圖，爸爸很快就給了爺爺和奶奶的名字，以及其他近親，可是當我把簿子放在媽媽面前，她卻皺了皺眉，看了許久才猶豫地寫下阿公，還有舅舅的名字。

「爸爸那邊寫了好多啊，妳這邊沒有其他人了嗎？」我問：「阿媽呢？阿媽的名字是什麼？」

「嗯，我不記得，她很早很早就不在了。」

後來老師問了相同的問題，我也只能回答是媽媽說的。

現在回想起來確實有點怪，誰會不知道自己媽媽的名字呢？媽媽的親人只見過阿公和舅舅，也只有舅舅偶爾會來看我們，算是比較親近，媽媽似乎刻意疏離阿公，若不是這次走投無路，我想她應該不會帶我回來。

「阿公，你為什麼沒有田？」

「我是因為工作才搬來的。」

「你不是這裡人？」

「但我現在是這裡人。」

「你那麼喜歡這裡啊？可是我實在看不出有什麼好，我以前住的地方，買什麼都方便，去那裡都方便。」

阿公呵呵笑了：「你喜歡吃魚肉，我就愛青菜啊，再說你才來一個多月，還沒有瞭解這裡，說不定等你熟悉後，腳可就被黏住了。來，跟我去看看這個！」

「我才不會呢！這裡這麼落後。」我反駁說。

我們騎車往山邊靠，這裡休耕的田更多了，不時見到白鷺鷥飛起飛落，還有一些叫不出名字的鳥兒，潺潺水圳依偎著小徑，有幾個小孩正在水圳裡玩，再過去一點有條淺流小溪，當我們來到橋上，意外看見有個人嘴巴咬著根管子，全身浸在溪裡悠游浮潛。

「阿公，那人在做什麼？」

「那是小智啊！他喜歡這樣，不要吵到他了。」

仔細一看，還真的是他，溪水清澈，還有長長的水草搖曳，兩側被茂密綠色植物包圍，躺在溪流裡的他在想什麼呢？這樣望去的天空比較美麗嗎？

阿公沒多停留，繼續往前，我得趕緊跟上了，越溪後離山更近，好長一段下坡路非常刺激，我讓腳騰空，踏板就這麼喀啦喀啦快速轉著。來到

一處廣大菜園，正巧兩位戴著花布斗笠的大嬸在聊天，當我們經過時，主動揮手招呼。

「土礱老師，你要去那裡？旁邊這個小帥哥是誰啊？」

「要去巡田水啊，看看土礱鉤仔的情況。這是我孫子文海啊，現在跟我住，以後會常常跟我出來，請多多照顧。」

「原來如此啊，你好命了啊，孫子這麼大了。」

又來了！大嬸們和阿公竟然又聊了開來，講什麼最近雞鴨都沒長胖，要不就是誰家的狗摔傷腿，出門後一直不斷遇到人，他們總是熱情招手找阿公攀談。村子裡彼此都熟，也都熱絡，光這麼一路聽下來，連我都知道誰是有錢人、誰是窮光蛋，實在讓人受不了，一點隱私也沒有。

「阿公，快點啦，你剛不是說要帶我去看什麼……」

我沒耐性了，索性跳上腳踏車，右腳踩上踏板，向前衝。

「他們為什麼叫你土礱老師？那是什麼意思？」

坐在涼亭裡吃著阿公事先準備好的飯糰，突然想起剛剛的疑問。

阿公笑了笑：「你聽過土礱鉤仔嗎？」

他站起來，走到旁邊的休耕田，掏出背心裡的小小望遠鏡，搜尋著。

「來！你來看看！」

接過望遠鏡，順著阿公所指的方向，雜草中有個微微高起的土堆，好像有什麼在動，再仔細瞧瞧發現有隻鳥，身體是橄欖褐雜色還有黃斑，嘴巴尖尖長長，很不起眼，尤其又在休耕田，若非阿公刻意指點，我是不可能多看一眼的。

「不是漂亮的鳥啊，看起來還土土的。」

「這就是土礱鉤仔，因為嘴巴尖像鉤子，所以大家都這麼叫牠，我覺得很可愛啊，看看那雙圓滾滾的大眼睛，其實還有個比較正式的名字叫彩鷸，好聽吧，感覺就是會發光的玉石，牠很厲害呢，可以長時間不動，偶爾才動一下筋骨。」

「這有什麼厲害的呢，不想動就是偷懶啊，從這個角度看，我還真有點羡慕，要是可以天天躺在床上不用上學，肚子餓了再起床吃就好了。」

阿公拿望遠鏡輕敲了下我的頭：「你這個傢伙，怎麼都往壞處想，還想偷懶不上學，你真以為成天躺著不動是好事？」

我拚命點頭。

「唉，天底下沒有白吃的午餐。該做事了，把之前給你的地圖拿出來。」

對咧，飯糰都吃光了，差點忘了這次主要任務，趕緊將包包內的東西拿出來，阿公教我如何看懂地圖，並將剛剛發現彩鷸土巢的地點標記下來。

「然後呢？」

「繼續找下一個啊！」

怪咖李小智

5

悠哉的鄉間生活被期中考打斷，雖然我不是對成績斤斤計較的人，但也不能太難看，反正平日放學後沒有手機遊戲可以玩，閒著也是閒著，就加減翻課本讀一下。

很驚訝隔壁的李小智沒有交白卷，雖然大部分科目寫了十分鐘後就睡覺，但數學和生物卻很認真，他專注的兩眼像是裝了雷射光，直直掃射，絲毫不受外在影響。我好納悶，上課都在睡覺的他，真的看得懂這些題目嗎？

然後老師發考卷的時候，我被狠狠地打臉了。

「李小智，一百分！」

沒聽錯吧？數學老師對他點了點頭。

下一堂課的生物老師也對他露出滿意的笑容。

「李小智，一百分！」

全班只有我最吃驚，滿臉不可思議，後座女同學下課後悄悄跟我說：「一直都是如此，李小智的數學和生物很厲害，每一次考試都是滿分，從來沒有例外，但也就這樣而已。」隨其他老師陸續發表成績，我才明白她說「就這樣而已」的意思，除了數學與生物，李小智其他科目的分數都是個位數。

怎麼會有這樣的人！他對分數一點也不在意，收到滿分考卷立刻塞進抽屜裡，個位數的考卷也是一樣，臉上神情都沒有太大變化，是不是他爸媽都不在乎，所以他才能如與世無爭的仙人，對分數無動於衷，若真如此也算是一種幸福。

導師交代大家訂正好考卷後才能回家，教室內一片鬧哄哄，這時候誰會想認真檢討啊，當然是找同學的相互抄一抄，於是有人把腦筋動到李小智身上，一個平常就愛嬉鬧的男生靠過來，伸手想偷抽屜裡的考卷，沒想到快要到手時，突然打了一個大噴嚏。

李小智被吵醒了。

驚覺旁邊有人正在動他的東西，整個人爆怒彈跳起來，右腳大力朝桌子一踢，力量大到旁邊的我也被推倒。

「別這樣！」

「冷靜一點！」

同學們尖叫著，我的喊叫聲跟蚊子一樣，根本沒進到李小智耳裡，他像是吃了炸藥，不斷拿課桌椅出氣，這樣下去一定會有人受傷的，我沒想太多，直覺從身後將他抱住，希望讓他住手。但李小智發狂時力氣實在太大，掙扎之餘我們兩個又扭打在一起了，我沒輒，只好硬拉他往地面躺。

幾個想幫忙的同學，也因手忙腳亂全撞在一塊，直到聽見教室吵鬧聲的主任與老師進來，才將我們拉開。

李小智滿臉漲紅，整個人還氣噗噗的。

我半倒在地，喘著氣。

導師衝進來直接罵我：「又是你！是你去招惹小智吧，都告訴過你不要惹事生非，怎麼都不聽話！」

那一瞬間，彷彿將整桶冰水倒在我頭上，更可惡的是沒有一個人出聲替我說話，大家互看，沉默以對。我也不想解釋了，沒有人在乎事實真相，有個轉學生幫忙背黑鍋，真正闖禍的人不用受罰，一切皆大歡喜。

我冷冷哼了一句。

爬起身，拍拍屁股，拎了書包，把導師那堆屁話拋在腦後，頭也不回往外走。

我很氣。

邊走邊踢石子，不知不覺走到雜貨店，阿強舅舅不在裡面，可能又去送貨了，這樣也好，省得編一套謊言解釋為什麼提早放學。我躲進雜貨店，拿了個小板凳坐在牆角，點開我的手機遊戲，昨天關卡還沒破解呢，今天得再接再厲，燈光閃呀閃畫面好刺激，每按一次就有成串炸彈射出，轟炸讓人感到爽快，我沉迷在爆破聲裡，物品一個個被毀滅，十分療癒。

待在虛幻空間裡都不用擔心人際關係，看不順眼就送一個飛彈過去，也不用收拾殘局，反正帳號都是虛擬，在現實世界裡根本不會有瓜葛，就算翻臉也無所謂，再翻回來就好，沒有人在乎。

阿強舅舅一直沒有回來，雜貨店成了我的避風港，雖然還是有一些人進進出出，但我已經不想理會了。窗外亮光漸漸轉成橘黃夕陽，突然有個龐然大物站在我面前，遮去大半的光亮。

「喂，別擋光！」

我瞇眼抬頭，發現來者竟是李小智。

他拿著我落在教室的鉛筆盒，頭一次開口對我說：「這是你的。」

「原來你會講話啊！謝啦！」

不想搭理他，每次碰到都不會有好事，趕緊接過鉛筆盒，繼續

埋首手機遊戲裡。

李小智沒有走開，他好奇湊近看著我的手機螢幕，彷彿首次見到新大陸般驚奇，兩眼直盯著，我遊戲打得正緊張，雙方激烈廝殺中，根本沒空理他。李小智什麼也沒問，就這麼在我身邊坐下，安安靜靜看著。

6 送貨的祕密

生活依然要繼續。

媽媽沒有打電話來，導師也沒有跟我道歉，太陽仍然從東邊升起，我還是得揹著書包上學去。反正被誤解慣了，也不差多一個，其實那天氣噗噗地打完一場轟轟烈烈的戰鬥，扔了無數的炸彈後，心情就恢復了，至少李小智和其他同學都沒有人受傷，事情就算了。

經過村子裡唯一西式早餐店，老闆笑嘻嘻拿了說是新配方漢堡給我，之前跟他抱怨過小黃瓜切太厚、番茄醬太多、肉餡太硬，剛開始都以小孩子不懂當藉口搪塞，但次數多了，後來就誇口說絕對會做到好吃讓我無法挑剔。我半信半疑，難道這次真的不一樣嗎?老闆眼睛笑瞇了，還瀟灑地對我行了個三指敬禮。

當我咬下第一口時，馬上就明白老闆為何笑得如此自信。

哇，真是好吃!他把生硬的小黃瓜拿掉，取而代之的是新鮮生菜與洋蔥，番茄醬不見了，而是酸甜夾雜的千島醬，更令人驚豔的是豬肉餡竟有焦香口感，我原本已經走到操場中央，忍不住跑回去，衝到早餐店門口，對老闆比了個大拇指。

漢堡的滋味讓人心情好好，沒想到上學也會有好事發生，而且自背黑鍋事件後，有些同學居然會對我點頭招呼，有點受寵若驚，不過我是被迫上學，不是為了拓展人脈關係，所以寧願保持適當距離，但總有幾個「熱心公益」的同學，下課時喜歡圍過來。

「你以前的學校大不大?人多不多?」

「雜貨店阿強叔是你舅舅喔，聽說你在那邊打工?可以一直喝汽水吧?」

「你跟李小智打了幾次架？誰贏了？」

通常我都以簡單幾句回答打發，希望同學覺得自討沒趣離開，但他們好像都不以為意，即便我沒有回應，也會在旁邊相互討論起來，只要有誰說了好笑的話，全部的人就咯咯咯笑個不停。

這麼吵的環境下，李小智依舊埋頭大睡，我納悶到忍不住問：

「為什麼這傢伙這麼好睡？」

同學回答說：「因為他晚上都不睡覺啊，常常跑去夜釣，好像也在研究組裝東西，真實情況我們也不清楚，都是聽來的，李小智一向不愛說話，也不正眼看人，就是活在自己世界裡，他有自己運行的軌道，但若是有人破壞了他的習慣，就會整個人抓狂。」

我恍然大悟：「所以那天因為被吵醒了，才會勃然大怒。」

「對啊，不該去動他的東西。」

我問：「你們都習慣他這樣了嗎？不覺得奇怪嗎？」

同學們開始七嘴八舌地說了起來，講了一堆李小智的異常行為，但最後只有一個結論，全村的人都已經習慣，而且也沒覺得有什麼不好。

他就是個單純的人，又不是壞人啊！同學們這麼說。

我想了想，好像也是如此。

放學後，照例到雜貨店打工，阿強舅舅正在整理新貨，要我先把地掃一掃，擦拭桌面與壁櫃，過一會兒見他又準備出去送貨，我靈機一動說：

「舅舅，我跟你一起去。」

「啊？我不是去玩咧。」

「我想幫忙。」

阿強舅舅拗不過我，只好答應，我們將整理好的物品搬上老舊小發財車，舅舅說：「今天去的地方比較遠，回程還有兩處得送，可能會錯過晚餐時間，我已經先告訴阿公了，如果等會兒肚子餓就忍耐一下。」

我不知道比較遠的地方有多遠，阿強舅舅一路開上山，繞啊繞，轉啊轉，傍晚山路朦朦朧朧，兩旁樹林茂密得暗暗幽幽，車體晃來晃去，我只能緊抓安全帶，舅舅卻相當自在。

「我常來，路很熟的，別擔心。」

「你常來，但我不常來啊！」

我的身體在搖晃，我的腸胃在翻滾，我的嘴巴在抽筋，為了壓抑腹內東西往上衝，不斷深呼吸並把嘴巴閉得緊緊，幸好阿強舅舅彎進一條斜下坡後，在一棟舊磚瓦房前停車。我立刻推開車門，蹲下開始嘔吐。

「還好吧？」阿強舅舅沒多搭理我，他抱著裝了醬油、麵條、白米和一些罐頭等食品的箱子，朝屋子裡喊：「滿珠姨啊，我送東西來了！」

等了許久，才見到一個白髮蒼蒼駝背的老婦人，右手扶著右膝，一步一步緩緩走了出來。「阿強喔，感謝啦，每次都麻煩你。」

「不會啦，我也是要出來送貨啊，順路啦。」

「咦？今天有跟班喔。」滿珠姨笑咪咪地說：「小帥哥咧。這麼晚了，吃飽了沒？要不要進來一起吃飯？」

「這是我外甥啦。

不打擾了，我爸會等我們吃飯啦。」

「那等等。」滿珠姨說完就回屋子，過一會兒拿了個東西硬塞給舅舅：「這是我早上才做好的草仔粿，等等在路上吃，不能讓小孩餓肚子啊。」

「不好意思啦，謝謝滿珠姨。」

那是一團綠色巴掌大的東西，底部有片綠色葉子，看起來非常奇怪，舅舅交給我：「這個好吃喔，你嚐嚐，先墊墊肚子，回程還有一小段路。」

聞了聞，有股草味，是我沒接觸過的食物，看起來一點也不好吃。

「舅舅，怎麼可以隨便收別人的食物呢？而且沒有包裝，不知道經過幾手了，說不定蒼蠅、蟑螂都碰過，萬一不乾淨，吃壞肚子怎麼辦？」

阿強舅舅難以置信地望著我：「你說什麼！」

「還有我們開了這麼遠的路，結果只賣出這麼一點點東西，一點也不划算啊，你這樣做生意都在賠錢啊。」

「天哪！」舅舅直搖頭：「你媽到底怎麼教你的？有很多事情是沒有辦法用錢計算的。」

「可是錢很重要不是嗎？就是因為沒有錢，媽媽得落跑，我才會被迫留在這裡。如果我們是有錢人，就不用躲在這個鳥不生蛋的地方了，還有一堆鳥事。」

舅舅瞪大了眼：「你給我聽好，我們小村沒什麼不好，每個人都活得好好的，更重要的是這裡的鳥會下蛋，通通都會。」

我原本還想回嘴「難道公鳥也會下蛋」，但舅舅皺眉撅起嘴，嚴肅模樣看來就是生氣了，雖然他嘴硬說沒有，可是之後又去了兩戶人家送貨，舅舅都不准我下車，要我乖乖待在車上。透過車窗，看見舅舅送去的都是日常生活用品，而開門的都是行動不便老人家，實在讓人感到納悶：這個村子到底怎麼了？

回程路上，我們各懷心事沒有說話，就在快到阿公家時，看見李小智帶了根長長釣竿騎著腳踏車飛快而去，阿強舅舅朝他鳴了聲喇叭，用力招手，但他視若無睹，像是要去執行什麼重要任務似的，一心向前。

我說：「他是要去釣魚吧？聽同學說他晚上都不睡覺。」

舅舅沒好氣地說：「我知道啊，他得釣魚打工賺錢，對他好一點，不是每個人的命都像你這麼好。」

「我那裡好命了？」

「你那裡命不好？」

我明明有一堆怨言，卻久久說不出話來。

失足的彩鷸寶寶

7

兩個小學生在阿公家門前，其中一個手捧著一隻小鳥焦急嚷嚷著：

「土礱老師！土礱老師！」

聞聲趕忙出來的阿公說：

「唉呀，這是彩鷸寶寶啊，發生什麼事了？」

「掉到水溝裡去了，我趕緊下去把牠救起來，怎麼辦？看起來好可憐，我們不知道該怎麼辦？可以拜託你嗎？」

「當然可以。」阿公溫柔接起：「小可憐啊，沒跟上爸爸和兄弟姊妹，迷路了嗎？」

「不是放回田裡就好了嗎？」我問。

「不行啊，牠還需要有人照顧，得等再大一點才有辦法自己生活，就跟人一樣啊，你想想看，小寶寶是不是需要有人呵護，就算到了幼稚園、小學，甚至像你一樣的國中生，不都是還要有大人在身旁。」

「那該怎麼辦？」

「我也沒把握，畢竟彩鷸是野生鳥，喜歡自由的。先檢查看看有沒有受傷，再來想想有什麼辦法吧。」

躺在阿公掌心的鳥寶寶奄奄一息，灰灰土土的好像一團軟泥巴，一點也不可愛，不明白阿公為什麼對彩鷸特別青睞，他天天騎腳踏車出去，就是為了觀察與記錄在小村的築巢地點以及生活習性，二樓書房是他的基地，整面牆貼滿白紙與小村地圖，上面標註密密麻麻的符號與數字，就是這十多年來曾經出現彩鷸築巢的地點。

我問阿公做這個有什麼好處嗎？

他說：「做喜歡的事，才不會去想有什麼好處。」

但換成我媽在，她一定會說吃飽撐著，我看漫畫、打電動時，她都這麼說，還要我牢牢記住不能賺錢的事就不是好事。不過阿公愛做什麼是他的自由，何況這還是我的打工機會，所以很識相不會去頂嘴。

彩鷸寶寶進家後，阿公沒有一刻閒著，他先去獸醫朋友的診所商量對策，安置好彩鷸寶寶後，便要我跟他一塊出門。

「我們去找金寶螺。」他說。

「這也算打工時數嗎？」

「好好好，都好。」

只要是打工，我的精神就來了。

不過才出門沒幾步路，戴著斗笠的有春嬸騎著淑女車奔來，遠遠就拉開大嗓門喊著：「土礱老師啊，我剛剛聽學生說了，現在怎麼樣了，要做什麼呢？」

啊，全村最不想見的人出現了，該正面迎擊還是閃邊躲？哎呀，我下意識退後幾步，躲在阿公身後。

「有春嬸啊，謝謝妳關心，我和陳獸醫商量過，按照以前的經驗，放在厝內絕對沒辦法活下去，所以我打算每天放牠出來透透氣，但現在得先找些金寶螺餵牠，雖然剛剛陳獸醫已經先餵過營養品，不過我想還是得有土味的食物，之後等比較有精神再帶出來。」

「每天帶出來喔，這樣不麻煩嗎？牠是小鳥咧，又不是小狗，要怎麼帶出來？光是用想的都覺得好難。」

「不難，但得先找塊休耕的地，圍好一塊區域讓牠自由活動。」

有春嬸大笑：「這沒問題啊，土地公廟旁過去一點那邊，我就有塊休耕的地，你要是不嫌遠，就去那裡試試。」

「太好了！有春嬸，有事找妳就對了！妳真是村裡的活菩薩。」

聽見阿公以活菩薩形容凶悍的她，害我忍不住笑出聲，但同一瞬間隨即意識到慘了。

果然被有春嬸盯上，她看到我了：「呦，剛沒注意到文海也在啊。」

「有春嬸，妳好……」我結結巴巴擠出招呼。

阿公說：「他現在是我的小幫手，放假時會跟我出來巡巡繞繞。」

「聽阿強說了，聽老師說了，聽同學說了，這個村子是沒有祕密的，對吧，文海。」

有春嬸把腳踏車擱一旁，步步向我靠近，太可怕了，她想幹嘛，想起之前勒脖子的狠勁，我不自覺抓住阿公的衣角。但出乎意料的有春嬸給了我大大的擁抱，還拍著我的背。

「之前誤會你了啊，以為你是那種愛打架的小孩，聽說你幫同學背了黑鍋也沒反駁，很講義氣咧，做得好！做得好！有空來我家，我弄好吃的給你吃。」她猛拍我的背，拚命揉我的頭髮，最後還捏了捏我的臉頰，弄得我哭笑不得，咳嗽連連。

直到她的背影完全消失，我還心有餘悸。

「你是背了什麼鍋啊，怎麼沒聽你說？被欺負了嗎？我幫你跟學校理論。」

我有些尷尬：「沒事的，小事一樁，有春嬸講的太誇張了。」

「你可是得到她的稱讚，不容易啊！」阿公笑著：「有春嬸是愛恨分明的人啊，豪爽又直接，村子裡大小事很多都靠她幫忙，非常熱情。」

現在你得到她的認證了，受邀去她家吃飯可不是容易的喔。」

「我才不要去，她家的狗好可怕！」

「呵呵呵，好好好，以後再說，先去看看有春嬸的休耕田，順便挖些金寶螺回來，彩鷸寶寶還在等我們呢！」

Gyou–Gyou–

樓上的小寶又在哭了。

小寶是阿公幫彩鷸寶寶取的名字，他說這樣聽起來比較像家裡的一份子，剛來幾天牠的哭聲讓我煩死了，動不動就哭，非常愛哭，阿公說因為小寶面對陌生環境很害怕，要我當作是後院小雞鳴叫就好。小寶現在寄人籬下，處境跟我一樣，不是嗎？這麼一想哭聲好像也沒那麼刺耳了。

阿公每天都會跟我報告小寶吃了多少，重了多少，剛開始時覺得好囉唆，可是看到阿公認真開心的模樣，也忍不住多看小寶幾眼，後來甚至不自覺主動問起：「今天有長胖嗎？」這種感覺好奇怪，連我自己都覺得驚訝，不曉得為什麼對小寶有點在意。

一個多禮拜過去了，小寶的翅膀有增長，看起來有長大，但阿公和陳獸醫討論後，覺得長得太慢，他們決定提早實施半野放計畫，也就是帶牠出去透透氣。阿公在有春嬸的休耕田裡用網子圍成一塊區域，裡面有水、泥沼、水草，希望牠能在安全的區域內，試著自行覓食，順便運動，並適應野生環境。

「這樣算遛鳥嗎?警察會不會來追我們?」我頑皮問。

阿公敲了我的頭：「你這個機靈鬼!」

第一次半野放時，我們在稍遠一點的地方等待，阿公遞了一個小望遠鏡給我。

小寶先是躲在角落哀嚎，Gyou–Gyou– 哭著，我心裡默念著膽小鬼時，卻看見牠自轉幾圈後鼓足勇氣向前，嚐了一口泥土味道，忍不住一口接著一口尋找食物，幾乎是銜到什麼就吞什麼，阿公說：「真是個心急的小傢伙！不過活力十足，應該很有希望活下去。」

明明吃得很飽，但在回程路上，小寶還是不停地哭。

「為什麼那麼愛哭呢？」我不解問。

「大概是想念他的家人吧！」

阿公說彩鷸是在水田濕地「逐水草而居」的鳥類，一妻多夫制，母鳥媽媽美麗漂亮，生下蛋後便會離去，孵蛋與養育的責任就交給外貌樸素的公鳥爸爸，跟嬰兒多由母親照顧的人類世界很不一樣，幼鳥經過半個多月的孵化脫殼而出，還會跟在鳥爸爸身旁一個多月後才獨立，所以會在水田看見公鳥爸爸後面跟隨好幾隻幼鳥的景象，看來實在很可愛，小寶就是在這個階段迷路跟丟了，也可能是不小心掉進水溝，沒有奶爸的照顧，無法抵擋天災、天敵，根本很難活下去。

「太不可思議了，真是鳥不可貌相啊！」

「彩鷸奶爸真的很任勞任怨啊，這也是我喜歡牠們的原因之一。在休耕的水田築巢，養育小幼鳥，但耕作期翻土後，巢會被破壞就得另尋他處，牠就是不斷在養小孩、築新巢，我們小村這幾年蓋了不少農舍，能夠築巢的田也越來越少了。唉。」阿公嘆了口長氣，語氣無奈：「也許有一天，我們就再也看不到彩鷸了。」

「所以你才想救小寶？」

「無論看到誰受傷都會想救吧，不管是人還是那種鳥，都一樣啊。」阿公說。

「我就不會。最近新聞有太多好心沒好報的事，救了受傷的人反被誣賴是肇事者，我媽說不要管閒事比較好，以免惹禍上身。」

阿公搖了搖頭：「人總有落難的一天，萬一是你需要別人幫忙，但大家都袖手旁觀，你覺得呢？」

想起我背的那個黑鍋，突然啞口無言。

這陣子綠油油的稻田漸漸多了黃色稻穗點綴，涼風也開始轉溫熱，隨著半野放次數增加，小寶也在慢慢進步中。我發現這傢伙很活潑，吃飽後用長嘴梳梳毛，打了個嗝，便開始洗澡，不是胡亂沖沖水，而是非

常認真，頭先入水再抬起，右泡一下、左泡一下，翅膀打入水，不停搖搖拍拍，然後抖一抖尾巴。跑啊跑，跳啊跳，精神看起來比在屋內好太多，我有些明白阿公講「野生」的意思。

小寶洗完澡後喜歡用力揮翅，更愛跑跑跳跳渾身抖動，牠非常重視梳毛，胸、腹、肩、背、腰、尾都沒有放過，還不時扭彎頭於身側摩擦著，每一次半野放都沒有忘記將自己梳理整齊。

「牠好愛漂亮啊，也好愛乾淨，這麼會整理自己。」

「是啊，我們小寶非常機靈，瞧瞧牠抓癢的模樣，還拉筋伸腿咧，簡直就是運動健將，跑馬拉松一定不輸人。」

「阿公！你講得太誇張了啦，又不是在演卡通片，小寶都還沒斷奶咧。」

半野放時，我跟阿公兩人一言一語，都在討論小寶，彷彿變成我們家的寵物，從來都沒想過，自己竟然會被這麼不起眼的一隻鳥吸引，陪阿公去半野放，成了放學後最期待的事，我很想知道小寶在陌生環境裡的反應與遭遇。

阿公說：「小寶挺像你的，明明膽小，卻老愛虛張聲勢先嚇唬別人。」

「我那有！」

「你看看，一隻烏秋低飛過，牠就低伏將右翅展開像要刀似威嚇，好幾次剛下田就擺出警戒狀態，發現形勢不妙，就找地方躲起來，最厲害的招式就是動也不動。其實田間水鳥裡，彩鷸算行動力較弱的，根本比不上白腹秧雞或紅冠雞，遇到危機頂多也只會威嚇或逃亡，內心其實是非常溫柔的。」

「你喜歡牠們也是這個緣故嗎？」

「我喜歡牠們儘管面臨劣勢，仍然努力生活，讓人很感動。」

阿公說這話時眼睛濕濕的，應該是有感而發，我還不太能體會，我比較在乎小寶究竟挺不挺得過來。雖然半野放時看起來活蹦亂跳，但終究比較多的時間還是在室內，我問阿公小寶能順利回到牠爸爸身邊嗎？他說他也不知道。

有春嬸來關心過幾次，都是靜悄悄地在遠處朝我們揮揮手後離開，陳獸醫也來過，他們都知道要保持靜默，以免嚇到小寶。但其他人就很難控制了，三不五時總有小貨車或摩托車經過，飛快行駛時路面總會砰砰震動，也有結伴出遊的小孩，有的打鬧嬉笑經過，有的卻不懷好意，曾遇到兩個沿圳溝抓魚、抓蝦的小孩靠近，阿公趕忙向前勸說離開，卻都不為所動，其中一個較高拿著撈網的還嚷嚷：「這又不是你們家的地！」眼見說不動，阿公只好擋在路前不讓他們過。

誰知道這兩個小孩繞到田的另頭故意挑釁，直往我們圍起的範圍去。

「快看，裡面好像有東西，有東西在那裡動，我們下去抓！」

向來脾氣溫和的阿公終於耐不住性子，生氣怒斥：「沒有人教你們要愛護小動物嗎？快點走開，不然我馬上叫有春嬸來！」

聽到有春嬸的名字，他們卻步了，猶豫半刻，才心有不甘地離開。

我頭一次感受到小寶面臨的危險，如果不是阿公出面阻擋，或許真的就被抓走了。

「外面的世界真的很可怕，小寶還這麼小，牠一定被嚇壞了。」我感嘆說。

「是啊，好好長大本來就不是容易的事，你看附近還有不少小白鷺、白腹秧雞，不過最可怕的還是人類啊！」

「媽媽也這麼說過，鬼都沒有人可怕。」

阿公摸摸我的頭：「別把人都想壞了，也不是所有的人都這樣啊，還是有很多好人，文海，你要讓自己當好人，知道嗎？」

「可是我媽要我當有錢人。」

「那也很好，沒有衝突啊。」

「有，我媽也說了，要當有錢人就不能是好人。」

阿公哈哈大笑：「你媽都教了你什麼啊！」

8 被遺忘的小村與人們

阿公家的生活平靜安穩，我有時把媽媽都忘了。

有天意外在雜貨店接到媽媽打來的電話，似乎是跟阿強舅舅約好的，知道我那個時間會在，媽媽先是跟我道歉，又說一切都是不得已，要我再等一下，再過一陣子就會來接我。我沒那麼笨，不會再相信她的謊言，一想到媽媽竟然把我丟在這裡，就滿肚子氣，我罵她大騙子，然後氣噗噗掛了電話。

舅舅勸說：「不要太衝動，她應該有苦衷。」

「什麼苦衷，她比阿公家牆上的時鐘還不牢靠！」

舅舅無話可說，只好拿瓶汽水給我：「喝點涼的，消消氣吧！」

喝汽水消氣？我望著汽水瓶子苦笑，正想對阿強舅舅吐槽時，有春嬸像一陣風迅速走進來了，不若往日開朗，她面色凝重對舅舅說：

「唉，滿珠走了，聽說走了三天才被發現，她一個人住在半山腰，那麼遠我也沒辦法天天去，想起來就讓人難過。」

阿強舅舅驚訝地說：「啊，怎麼會，前一陣子才送貨過去，當時看起來不錯，還送了草仔粿給我。」

草仔粿？滿珠姨？腦海馬上浮現出她的模樣，怎麼會？實在太震驚了，我豎起耳朵仔細聽他們對話，才明白阿強舅舅老是出門送貨的原因。

小村村民大部分都是以農為主，但因環境改變加上農耕太辛苦，年輕一輩很多人都選擇離鄉工作，覺得可以賺大錢、買好房，媽媽也是因為這樣離開，村子搬進來的少，離開的多，人口不斷在流失，外面世界翻天覆地劇烈變動，小村卻一直在老化，沒有跟孩子一起離開的長輩就成了獨居老人，有些人甚至被遺忘。

有的長輩行動不便，有春嬸看了不忍心，所以跟阿強舅舅商量，請他幫忙定期送些日常用品過去，她偶爾空閒時也會過去串串門子，但沒想到悲劇還是發生了。

「滿珠這一生都在果園，當年生完孩子連月子也沒做，就忙著上山採果，多年累積的辛勞讓她背駝、膝蓋也壞了，孩子長大一個個都走了，果園工作太辛苦沒人願意接手，最後都荒廢，滿珠只好賣掉果園換成都市房給孩子住，那邊環境她不習慣，所以才一個人留在老家，結果竟然心臟病發，走的時候沒有半個人在身邊，想到這裡我就覺得心酸。」有春嬸悲傷哽咽著說：「我不過比滿珠小幾歲，孩子也不在身邊，以後說不定會遇上相同的事。」

「別這麼說啊，不會的，不會的啦。」阿強舅舅急著安慰，但似乎也想不出什麼好的說詞。

彷彿是小村的宿命，被遺忘的人都被拋棄在這個被忽略的小村裡。

平常熱情豪爽的有春嬸，原來也有脆弱的一面，她其實應該很孤單吧，所以總愛插手村子裡的事。突然覺得自己好糟糕，當時滿珠姨好心給的草仔粿，竟然嫌髒不敢吃。悶悶不樂回到家，一眼就被看穿，阿公以為我在學校被欺負，我趕緊告訴他滿珠姨過世了，還有之前嫌棄草仔粿的事。

「我以前被告誡不可以接受陌生人的好意，不要亂拿陌生人給的東西，但好像也不完全是對的。聽了滿珠姨的故事，想起之前辜負她的心意，覺得自己做錯事很愧疚。」

「會混淆不是你的錯，是有些大人行為太壞了，所以也連累了其他大人。就像我之前跟你說的，有些事可以明顯分出對錯，但有些事卻不能，你得學會判斷。滿珠姨不會怪你的，你還只是個小孩啊！」阿公安慰說：「就像小寶還在摸索如何長大，你不是常常看到牠笨拙的樣子，那都是必經過程，沒有人會取笑的。」

「有咧，我有偷笑。」我自首。

「那你現在知道要改了吧，我會帶你去跟滿珠姨上香，好好道歉。」

「好。可是如果下次看見小寶跌倒，我又忍不住偷笑了，該怎麼辦？」

阿公輕點了下我的頭：「去跟小寶道歉！」

滿珠姨靈堂沒有設在山腰的家，而是在村民活動中心，是有春嬸拜託村長聯絡許多單位後得到同意，方便小村裡的人前往祭拜。我跟阿公、舅舅一塊去上香，這也是頭一次踏進靈堂，滿珠姨的相片很漂亮，頭髮黑烏烏，也沒有皺紋，笑起來很安詳，我認真合掌跟滿珠姨懺悔，希望她不要怪我沒吃草仔粿。靈堂其實很簡陋，來的人也零零落落，一

旁有幾個大人講話卻越來越大聲。

阿強舅舅說：「那是滿珠姨的孩子，他們正為了老家在吵架，有人想賣也有人不想賣。」

「為什麼要在這裡吵？不怕滿珠姨生氣嗎？」我問。

「誰知道！平常沒關心自己的媽媽，現在倒是關心起這棟老房子。」

場面實在太難看，有春嬸忍不住出聲制止：「要吵回家吵！」

沒想到其中一個男人竟回嘴，指著她大吼：「我們在討論家務事，妳插什麼嘴！」

哇，真沒禮貌，不知好歹，那人不斷吼著，還作勢威脅有春嬸。這時門旁有個人影迅速衝過來，張開雙臂擋在中間護著有春嬸。仔細一看，竟然是李小智。

「別、過、來。」

為避免衝突，滿珠姨其他子女趕緊將男人拉走，李小智以為自己是座巨山，依舊動也不動，拚了命也要保護有春嬸，直到人都遠離現場，他還是那個姿勢，有春嬸連忙向前抱住安撫，她輕輕拍著他的背並在耳旁唸著：「沒事了，沒事了，我很好，謝謝你。」

情緒激動的李小智才慢慢放下僵硬的手臂，低著頭說：「我不會讓別人欺負妳。」

沒見過李小智這一面，我低聲問舅舅：「他們是親戚嗎？」

「說來話長啊，小智是有春嬸遠房親戚的小孩，硬要說有那麼一點親戚關係，勉強算是吧。小智爸媽遇到死亡車禍，那一年他還沒上小學，你知道小智跟一般孩子不太一樣，所有親戚都躲得遠遠的，最後是有春嬸收留了他。小智不愛說話，但是個好孩子，只是不善表達感情罷了。」

李小智也是被遺棄在這裡的小孩，閃過這個念頭的瞬間，我感覺到心臟激烈碰撞，對他有了不同的看法。

有春嬸牽著李小智的手朝我們走來。

「阿強啊，靈堂那邊還有事，小智先拜託你看一下，等他情緒更穩定一點再回家。」

阿強舅舅想接過小智的手，但他不肯，反而跑來站在我身旁，我不自覺撞了下他的手臂，向他示好。

有春嬸滿意地說：「這樣更好，小智就交給文海了，你們好好一起走。」

沒想到那句話竟然像是一個指令，直接輸入了李小智的大腦。

9 半野放危機

放學後打工帶來的樂趣更勝過學校上課，我想我可能是那種喜歡工作勝過讀書的人，我媽大概要失望了。花了好大工夫將雜貨店的到期品與即期品整理出來，出清後屋內便騰出一些空間，我畫圖並試著說服阿強舅舅，將庫存按類別日期分類編號，日後可以省去許多時間。

阿強舅舅驚訝稱讚說：「對咧，這樣確實比較好，只是我實在沒空整理，就都交給你了。」

「那我可以要求增加紅利時數嗎？就像人家公司有年終獎金。」

他笑了：「好好好，你跟你媽實在很像咧，從來不吃虧。」

到底像不像我不知道，但我絕對不願像她那樣不負責任，跟舅舅達成共識後，便開始擬定完成計畫表。

阿公這邊的彩鷸築巢紀錄也同樣持續，我將地圖紀錄輸入電腦，並製作圖表，雖然阿公說手寫比較有感覺，但有電腦紀錄也沒什麼不好。

唯一比較掛心的是小寶，甚至比我的期末考還操心，聽見阿公和陳獸醫在討論為什麼最近體重增加緩慢，吃了麵包蟲，也餵食維他命C，但平常最愛的金寶螺卻吃得很少。

幸好半野放時的活力很好，非常頑皮，有時還會死命咬著草根不放，固執卻也非常可愛。牠現在下田後會先揮翅，到處跳一跳，但還是非常膽小，一群小白鷺在爭地盤時，牠馬上找隱密處躲起來，若有蒼鷺或是魚狗飛來，牠會緊張得伸長脖子不敢亂動。吃飽後就梳毛，累了就動也不動休息，常常旁邊的鳥兒們在歡唱，牠卻老神在在地睡著。

我們坐在稍遠處透過望遠鏡觀看，阿公對飛來的鳥類瞭若指掌，什麼斑文鳥、棕背伯勞、青足鷸等等，他都能輕易說出特色與習性，真的就是專家啊，但他每次都說這只是一般常識，不足為奇。真的嗎？

現在騎腳踏車越來越穩了，已經可以跟阿公並駕齊驅，且單手握把聊天，在鄉間騎車的感覺很自由，跟在城市裡的自行車車道截然不同，沒想到我竟然會喜歡，太不可思議了。不過最近有件事很奇怪，就是經常看見牽著腳踏車的李小智，他總是在巷子口站著。

起初阿公跟他揮揮手打招呼，李小智就默默點個頭，後來遇見次數多了，阿公隨口一問：「要不要一起來啊？」他點點頭，隨即跳上腳踏車跟隨在後，著實把我們嚇了一跳，該不會他一直在等阿公這句話吧，為什麼不開口直接說就好了啊，真是個很悶的人。

阿公不以為意，他非常開心：「小智，我以為你只愛釣魚和浮潛啊，不曉得你也愛看鳥，早知道就找你了，不過現在也不遲喔。」

從那時起，李小智也加入了我們田野紀錄行列，他一樣不太說話，僅是默默跟隨，唯有在看見小寶或提到小寶時，才稍微流露喜悅，我猜他喜歡動物更勝過人吧，若是以前的我可能會覺得麻煩，但自從知道他的處境，好像也沒那麼討厭了。

突破飲食瓶頸後，小寶變圓了。

我問阿公：「小寶現在應該多大了？」

「小寶胸圍兒還淡淡的，大概接近滿月，已經開始揮翅練習起飛了。」

聽了有些感傷。

「也就是說快要會飛了，是嗎？」

阿公點了點頭：「我們不就是在等待

那一刻嗎，不過來臨之前還是不能鬆懈，否則會前功盡棄。」

話說到一半，原本老神在在坐著的阿公，眼光突然犀利，迅速起身衝向休耕地，褲管都沒捲就跳下去，他彎著腰，眼神不斷來回搜尋。

「阿公，怎麼了？」

「有蛇。」

可怕的字眼，光是聽到雞皮疙瘩都冒了出來，著實倒退好幾步，但李小智不一樣，他跟著跳下

田，幫阿公搜尋，果然在網外約三米處看到蹤影，等不及阿公下令，李小智矯捷將手伸進田裡，摸索一會兒，再次舉高，就看見那條蛇已在他手裡。

「天啊！」我嚇到跌坐在地上，真不知這傢伙是何方神聖。

「快把牠扔到遠一點的地方，別傷到自己。」阿公說。

蛇是彩鷸最危險的天敵之一，水中、陸地皆能爬行，而且神出鬼沒，想到小寶剛剛經歷生死一線間，真是捏了把冷汗，幸好阿公和李小智反應快。

「小寶一定嚇死了！」我說。

阿公回到圍網探查，神色卻顯凝重，他再次沿網緣繞了一圈，更仔細尋找：「糟了！沒看見小寶。」

我們都慌了。

不會是被蛇吞了吧？不可能，蛇並沒有靠近網內；難道是圍網出現漏洞，小寶趁縫隙溜走了？這個時候走失必死無疑啊，他根本還沒有學會保護自己，連翅膀都還沒有長好，飛都飛不好。

怎麼辦？怎麼辦？我之前沒下過田，也不敢，因為害怕爛泥黏在腳上，更怕自己站不穩摔倒，但現在不是顧慮這些的時候啊，望著阿公和李小智搜尋的背影，我牙一咬，豁出去吧。跨出第一步時我很緊張，好像踩在棉花糖上，泥土隨即覆蓋住我的腳掌，整個人像是被釘住，但熟悉溫度與感覺後，好像也沒那麼可怕。

阿公說就算鑽出網外應該也不會跑遠，小寶不可能憑空消失，一定可以找到。果然沒多久，就聽見李小智喊：「這裡！」

野放區是由四張細長的網子圍起來，每個網子的邊緣還綁了細長竹竿，於是網子與網子間的結合處有凹陷空間，沒想到小寶竟然鑽進去，難怪一時找不到。

阿公總算鬆了口氣：「這個機靈鬼！」

李小智捧著全身髒兮兮的小寶，來到阿公面前，他竟然笑了，露出非常難得的笑容，是我從來沒見過的。

學校開始進入期末準備，課程緊張起來，各科目開始大大小小的考試。打球的人變少了，操場顯得更空曠。樹上蟬聲不停，稻田熱鬧了，在烈日照耀下，金黃色稻穗更顯得燦爛，戶戶開始農忙，豐收的季節要來了！

不過那都不是我關心的事，自從上週聽見阿公跟陳獸醫決定了野放日期，我的肺和氣管變得很敏感，時不時就想爆炸，有時還會頭昏腦脹，思緒混濁，做什麼事情都不順心。

下午洗碗時就打破了兩個盤子，阿公問為什麼心不在焉，我煩躁地說：「太熱了！天氣太熱了！」

「去雜貨店搬些汽水回來吧！」阿公說：「等等帶去有春嬸家，她要請我們吃飯。」

「汪、汪、汪汪汪。」Lucky朝氣十足地大叫，有春嬸從屋內喊著：「別怕，我把牠關起來了。快進來！」

有春嬸家是三合院，中間是正廳供奉祖先牌位，左邊房舍堆放了很多雜物，感覺像倉庫，右邊亮著燈是主要居住的地方，但屋瓦也殘舊了，好幾處補搭了鐵皮，門窗也搖搖欲墜。Lucky被關在右邊最外側空地的鐵籠裡，那裡有個小菜園和幾棵木瓜樹，牠朝著我和阿公張著嘴，在籠內不停走來走去。

因為心有餘悸，我小心翼翼拉著阿公衣角，但注意力很快就被香噴噴的味道吸引，蒜頭爆香的氣味、酥炸的氣味，讓人想起以前舊家巷子口外爸爸最愛的那家熱炒店，我們全家常去打牙祭，那時候真是幸福啊！

廚房傳出大火和翻炒的聲音，鍋與鏟子啪啪刷刷響，肚子被激得咕嚕咕嚕，我拚命吞下不斷分泌出來的口水。李小智推門出來，向我們招手，那裡有張鋪了大紅花塑膠布的圓餐桌，上面已擺了幾道熱騰騰的菜，炕肉、白斬雞、燉肉、紅燒蝦、炸魚、芋泥等等，有春嬸在大灶上奮力揮動鍋鏟，還不忘招呼我們坐下。

「再炒兩個青菜就好了，很快的。」

我沒見過傳統大灶，驚奇得東張西望，看見李小智在旁邊顧柴火，忍不住湊過去，熊熊火光讓我忍不住脫口而出：「啊，這樣烤番薯最好了！」

「嗯，我烤過。」

「味道如何？」

「土窯的比較好。」

「什麼！你還有土窯！」

沒等回答，他已被有春嬸叫去端菜，這時阿強舅舅和一個沒見過的大人也到了，大家都叫他村長，人到齊後場面變得非常熱鬧，這個村長看來年紀不大，能言善道，不一會兒氣氛就熱絡起來，有說有笑。阿公說有春嬸的手藝在村子裡有口皆碑，從不輕易動手，宴客都是看心情，這次可說是機會難得。

大人們坐一邊，我和李小智自然另一邊，只見他低頭猛吃，每樣菜都大口大口吞，不同於阿公的清淡養生，有春嬸的每道菜都超級下飯，無論是紅燒、煎炸、燉煮，樣樣可口，我彷彿是多日沒進食的難民，恨不得將眼前食物全送進肚子。

我和李小智喝汽水，大人們喝著舅舅帶來的啤酒開始聊天，有春嬸說隔壁村幫獨居老人辦了食堂，聽說效果不錯，利用自助餐或是便當的模式，不但讓他們天天有熱飯吃，也利用這個方式讓他們走出家門，一起聊聊天，她說不想再看到發生在滿珠姨身上的憾事，希望村子也能辦理。

大人們你一言我一語討論起可能性，表情認真，我突然覺得他們膽子好大，不怕惹禍上身嗎，明明顧好自己就好，還一直考慮別人。以前媽媽都說不要管閒事，好心通常都不會有好報，因為現在人不在乎也不珍惜，所以常常會有「好心被雷親」的事發生，若想要自保，就得井水不犯河水。難道他們不明白這些道理嗎？為什麼都要當傻人呢？

但又想到滿珠姨、李小智的遭遇，還有如果沒有阿公的收留，那我又該怎麼辦？向人伸出援手就是傻子嗎？不管回報只會付出的人是笨蛋嗎？

因為插不上嘴，吃飽後的我們坐在餐桌上有些無趣，李小智拉了拉我袖口，低聲問：「要不要去看我的寶物？」

聽到寶物我的精神就來了，跟著李小智來到他的房間，我卻傻眼了。

這根本不是一個國中生的房間吧？

除了一張正好符合他身型的單人床，其他全是擺放整齊的木架和箱子，其中包含了昆蟲標本、植物標本，還有各式各樣大大小小的石頭，箱子裡擺放了一些殘缺但乾淨的玩具，應該是拾來的廢棄物，最引起我注意的是擺滿罐裝飲料的木架，突然恍然大悟他在雜貨店裡找什麼了，我仔細端詳，發現每瓶飲料的有效期限日期都是重複的，譬如 02.02.、06.06. 或是 12.12.。

這傢伙是有強迫症還是偏執狂啊？

根本等不及我開口，他欣喜與我分享在那裡抓到柑橘鳳蝶和虎斑蝶，又是如何研究製作標本，還有那些奇形怪狀石頭的故事，以及他是如何清洗修補被遺棄的玩具，平常講話有些結巴的他，說起收藏寶物的點滴，竟然無比流利，經常面無表情的他，此刻卻神采奕奕，不僅流露出熱情，臉龐還煥發著光芒。

這才是真正的李小智吧！

一般人都不了解他，只是因為沒找到開關罷了。

阿公講起彩鷸時也是這樣，有春嬸插手村子大小事時也是這樣，我很羨慕，非常羨慕。

10 小寶再見了

終於來到日曆上標記的這天。

我躲在隔板後偷看小寶，如往常吃螺、吃蟲，也在臉盆水中洗澡，牠應該不知道今天是大日子吧，等等就要展開新生活了。我一直都記得牠剛到家裡時病懨懨的模樣，以為可能活不過三天，就那麼不起眼的小傢伙，明明是小小的軀體還想嚇唬人，在野放區時只要有個風吹草動，馬上就找地方藏起來，牠笨拙學揮翅的樣子，牠歪頭學稻草人睡覺的樣子，單腳

打瞌睡還跌倒，吃螺吃太快還差點噎到，這些我都記得清清楚楚，曾經那麼瘦弱又愛哭，才不過一個多月，如今已會張翅示威向敵人咆哮。

阿公說小寶有自己的生活，應該還給牠自由。

我知道，他說的我都知道，只是沒想到說再見的時候，心情比考不及格還糟。這個跟我一樣遺失爸媽的傢伙，已經要迎接新生活了。

一切都準備好後，陳獸醫也來與我們會合，李小智則是在路口等著，我們一行人陪著小寶來到事先尋覓好的休耕田，那裡已有不少彩鷸棲息。

「去吧！去尋找真正屬於你的天地！」

阿公手捧著小寶，仔細端詳許久，他才彎腰、鬆手，將小寶放入新的休耕水田。

不知道是不是察覺與以往不同，小寶並沒有馬上覓食，而是有點鈍鈍的，歪頭斜眼瞄了阿公所在的位置，直到阿公和陳獸醫再次下田輕輕驅趕，牠才朝另邊田埂飛去。

我說：「那邊有好多彩鷸啊！看起來是個很棒的地方。」

阿公說：「是呀，我和陳獸醫找了很久，這裡是塊福地，小寶會有新朋友，以後也會有自己的家，去過牠的人生了。」

我有些哽咽：「他會記得我們嗎？」

阿公摸了摸我的頭。

我拿起望遠鏡想搜尋小寶，找了好久才在離田埂不遠處發現，牠先咬了咬草根，抖抖翅膀跳了跳，往更多同伴的方向走去，那裡有好多彩鷸母鳥、公鳥和幼鳥，一個眨眼我已經認不出小寶的身影，鼻頭一酸，鏡頭突然模糊，像是被溶解，變得濕濕黏黏，臉發燙起來。

「小寶……不見了，我……找不到……牠了。」我驚慌哽咽說。

突然消失的感覺很難受。

不知道自己哭了多久，眼睛好澀，頭也脹痛，與小寶告別讓我想起爸爸，前一刻還能握著手，下一刻卻成了冰冷的身體，再也不會回應你的呼喊，那種今生不會再見的感覺讓人難受，我的不安與焦躁可能從那個時候就開始了，無法理解原本一個好好的人，為什麼會生病離開，更難接受的是為什麼不是別人的爸爸，而是我的爸爸呢？

媽媽在短短時間內接受了事實，恢復正常生活，但她不是最愛爸爸嗎？為什麼後來又愛上了別的男人？可以這麼輕易取代嗎？雖然我很氣她把我丟給阿公，但最怕的還是再也見不到她，一想到這裡更恐慌，小寶有自己的生活，媽媽也有她的生活，我好像就是多餘的。

阿公一直陪在身邊，拿了條毛巾給我。

「不管小寶會不會記得你，但至少你會記得牠啊！」

「去天堂的爸爸會不會記得我呢？媽媽會不會記得我呢？如果都不被記得，是不是就會消失了？」

「傻孩子，你想什麼呢！」阿公將我摟在懷裡：「我會永遠記得你的。」

收割時節到了，整個村子都動起來。

機器在稻田裡一行一行整齊收割，經過之處飛來許多覓食的小白鷺，到處都是稻草味，還揉合了一點青草的鮮味。我第一次看見收割情景，走在路上免不了多看幾眼。

阿公見我很興奮，便說了一些古早時代農村故事。

「以前的農家會將收成後的稻草桿綁成一捆一捆，堆成長得很像蒙古包的草埒，作爲大灶點火時要用的燃料，但現在普遍都有瓦斯爐，少有像有春嬸還保有大灶，自然也沒人要堆草埒了。」

我滑手機找到了幾張圖：「草埒，看來好有趣啊。」

「現在收成稻穀都送去烘乾場，以前可是利用廟埕或是家門前大空地，將稻穀鋪在上面，堆成一座一座小山日曬，幾個小時後翻動一次，如此反覆操作，將稻穀曬乾。有些頑皮的孩子會在上面跳來跳去，也有雞鴨會來偷吃，所以必須有人顧守。」

「聽起來就好累。」

「是啊，收割後還有一堆事得忙，還得經過多台工具處理，最後才是你看見的白米。誰知盤中飧，粒粒皆辛苦啊！」

「阿公，所以你不買田，是因為這個原因嗎？」

「噢，我沒有農民身分不能購買啊，再來當初並沒有想在這裡定居，而是後來發生了一些事情。」

「我知道，我知道，你遇到阿媽了啦，所以才改變心意。」

阿公沉思一會，微微一笑：「我太喜歡這個村子，環境好，人也好，就拿收割來說，以前都會互相合作幫忙，你來幫我收割，之後換我幫你，整個村子好像互助會，幫來幫去，很有人情味。」

「真好，過幾天要期末考了，真希望同學們也能有古早農業時代的人情味。」

「可惜喔，你生錯年代了。哈哈哈。」阿公大笑。

果然阿公能理解，真是超級喜歡跟他聊天啊！

一週內村子裡的稻田都收割完畢，原本燦爛的黃金波浪全都成了矮刺刺的豬鬃刷，景觀完全改變，而我的期末考也考完了，託李小智幫我事前惡補數學的福，有個還不錯的成績，英文不至於被考倒，但理化就別提了，總之這學期在不怎麼壞的情況下結束了，有點出乎我的意料。

同學們察覺我和李小智的關係大大改善，期末時好幾個人跑來慫恿：「你跟他說一下，教我們釣魚？還有浮潛？好嗎？」

「為什麼不直接跟他說？」

「只有你跟他說得通啊。」

突然間，我變成了翻譯機。

我告訴李小智同學們的請託，他卻完全無法理解。

「為什麼？釣魚和浮潛又不難，自然就會啊，不用學。」

「這麼說好了，我們可以跟你一起去釣魚和溪底浮潛嗎？」

「喔。」

不得不說這個李小智真是怪胎，卻又是個可愛的怪胎，腦神經是直線條，只會走認定的路，拐個彎就情緒大亂，但我發現只要事先溝通好，獲得允諾，沒有不能修改的路線啊。

於是暑假開始，我成了李小智教練釣魚課、浮潛課專任翻譯助理，三天兩頭都往外跑，雖然如此我並沒有忘記與阿強舅舅的約定，耳朵聽著溪水聲音，腦子裡有一半想的是雜貨店裡的罐頭，尤其上回看過李小智的房間後，決定找他一起商量。

「啊，你想弄整齊啊，可是，可是我會不習慣。」

「什麼啊！」

「但如果你想，我就只好幫忙，之後再想辦法習慣。」

我很感動，問他為什麼願意特別幫我，他說：「因為你跟我一樣，暫時被爸爸媽媽忘記了。」

該怎麼說呢，像有股電流鑽進心裡，刺得麻麻的，李小智說「暫時被忘記」，讓人心生暖意。有人跟你一起共同完成任務的感覺真好，就算這個人話不多，總讓你一個人嘰哩呱啦講一堆，然後只會搖搖頭、點點頭，要不就是抬頭望天，但當你在動手做時，他卻一定陪在身邊，儘管大多時候他都在睡覺。

阿公很高興我有了同伴，阿強舅舅雖然很納悶我們竟然變成師公與聖杯，但其實他很高興，因為打工人數變成兩倍。不過最開心的莫過於有春嬸，她每次見到我都又摟又抱，並且塞給我兩個超級大的炕肉飯糰，說是李小智最愛吃的，相信我一定也會喜歡。

就這樣，忙碌的暑假生活讓我忘記了小寶的離開，好一陣子甚至忘了數媽媽有幾天沒打電話來了，阿公說我變得比較會笑，不再像那個到處螫人的小蜜蜂，我想是因為比較適應這裡的生活了。

老人食堂還在努力爭取中，村長先辦個暖身活動，他聯絡了一些公家單位如衛生所、鄉公所，想幫村內的老人家做簡單健康檢查以及養生宣傳，為了吸引長輩們走出家門，村長找了有春嬸幫忙製作便當，準備會後發送，我和李小智自然就是小幫手。

村長一早就在村民活動中心「張燈結彩」，爬上爬下掛了好多旗子和燈籠，他說要弄得像廟會那樣金光閃閃，長輩們會有親切感。自從滿珠姨的告別式結束後，村子裡有一陣子沒這麼熱鬧了，看得出來有春嬸很高興，她邊剁菜、燉湯，邊跟我說起曾經的盛況。

「有沒有看過廟會？」

我搖頭。

有春嬸說自己從小就喜歡廟會，那時會請歌仔戲團或是布袋戲團來演出，謝謝神明整年的保佑，只要拿張板凳在台下坐，就可以從開演看到散場。戲棚下有人賣烤魷魚乾，還可以玩一些小遊戲，小孩子都很開心。她最愛看演員在後台化妝，看主角怎麼變得美美的，然後幻想自己有一天也可以登台表演。

「真的嗎？後來呢？」我驚訝地問。

「那可能啊，家裡農事都做不完了，我阿母才不會答應我去唱戲。」

廟會不僅僅於此，大拜拜時廟方會擺起長桌讓信徒放供品，以前香火興旺時，也會有信眾殺豬公酬神，清除內臟後的豬公四肢張開固定在架上，讓牠嘴裡咬顆大鳳梨，曾經見過廟埕前一長排豬公陣仗，每隻脖子上都掛滿一條又一條金項鍊和金牌，聲勢浩大。

「難道不怕金牌被偷嗎？」我問。

「誰敢偷要獻給神明的東西啊！」有春嬸大笑：「不過話又說回來，確實有聽說別的村子香油錢被偷，但我們村子可沒有，大家都是老實人，感情很好。」

「現在呢？」

「沒有了，老實說殺豬公太殘忍，曾經見過一次，十幾歲的時候，我們一群人站在二樓陽台觀看，鄰居大叔要殺他們家的豬公祭拜，光是從豬圈裡拉出來豬就開始哭，後來還哀嚎，我根本看不下去，就趕緊蹲下躲起來，慘叫的聲音太可怕了，後來漸漸就沒有人這麼做了，廟會變得越來越簡單，加上村裡年輕人不是搬走就是生得少，人越來越少，在乎廟會的人也減少了，現在回想起來還真懷念。」

「難怪村長才說要辦得像廟會啊。」

「他是在地人，跟你阿強舅舅年紀差不多，爸媽都還住在這裡，他是去外面繞了一圈後決定回來，是真心想幫村子做點事。所以如果我想做什麼，找他就對了，像今天這個活動是他提議的，讓老人家定期出來活動活動。」

村長真是活力十足，不斷進進出出招呼大家。

進來活動中心的村民越來越多，有的聲如洪鐘，有的溫暖熱情，也有輕聲低調或默默進來的，一見面就熱絡聊起天，雖然名為健康檢查，其實也是提供大家敘舊的機會。餵完雞鴨的阿公也趕來了，一進門就聽見許多人喊著：「土礱老師，土礱老師。」再次印證了阿公人緣超級好，雖然我不知道他是怎麼做到。

沒多久，阿強舅舅和其他有車的村民陸續接送來幾位行動不便的長輩，無論是持拐杖、扶椅，或坐在輪椅上，都有著蒼白臉龐，眼神些許渙散、些許閃爍，馬上明白村長和有春嬸之前所說，要讓他們出來走走的原因。我和李小智兩個呆頭鵝，在舅舅的提醒下才趕緊去協助長輩辦理報到，握著他們顫抖的手，攙扶他們瘦弱的身體，最後再幫他們找位置坐下。

健康檢查完成大半，衛教宣傳也做完，接著就是村長秀時間，口才好的他果然不負眾望，一拿起麥克風就不停逗樂大家，歡樂滿堂，但接下來說的話更讓我印象深刻。

「我會盡力做好每件事，讓村子裡沒有人被遺忘！我會盡力尋找讓村子恢復活力的辦法，讓大家快快樂樂生活下去。」

村長眼睛閃著光，台下長輩們熱烈拍掌。我從沒在一個場合中見過這麼多老人一起鼓掌，最多就是學校朝會頒獎典禮，同學們懶洋洋敷衍拍著手，這兩者掌聲明顯截然不同，老人家是真誠的。這時有春嬸的便當完成了，我和李小智一一分送給在場長輩，他們有的連連道謝，有的則是緊握我的手，還有一些無法言語的，但我知道他們在想什麼。

活動結束後，阿公牽著腳踏車在外面等我。

我興奮地說：「把禮物送給人的感覺真好，我以後也想常常送禮給別人。」

阿公微微一笑：「你今天帥極了！」

驚人的真相

11

暑假接近尾聲，雜貨店庫存系統總算讓我和李小智兩個人搞定。

我們測量、畫圖、規畫，請舅舅向木工訂製裁切好木板，再由我們兩個人組裝，最後將貨品編號上架，雖然辛苦但很有成就感，想想自己的雙手和大腦還是滿有用的。接下來是店內的整理與擺設，沒辦法做到像便利商店那樣，但至少要貨品分類清楚並整齊擺放。不過阿強舅舅說等一等，他怕我們把自己弄得太累了。

所以這幾天我都跟著李小智去釣魚或是抓昆蟲，他還帶我去看土窯，烤了好多地瓜，白天玩得盡興，晚上倒頭就睡，這樣的生活太棒了，一點也不想念過去，難怪書上常寫「危機就是轉機」，我深刻感受到了。

以為日子可以這樣下去，直到看見站在阿公家門前的媽媽，她溫柔笑著向我招手。

「我來帶你回去了！」

「你不是一直希望我快點來接你嗎？」

「事情全部都處理好了喔，現在我們可以住在一起了。」

心一慌，大吼一聲，睜開雙眼，猛然清醒。環顧四周，沒有媽媽，只有我一個人在房間裡，原來那是夢啊，竟被嚇出一身汗，為什麼會做這樣的夢呢？媽媽來接我回去應該很高興，為什麼卻感到害怕。

那天下午，我回到雜貨店做最後調整，沒多久店內電話響了，阿強舅舅示意我去接電話，看他有點怪怪的表情，我隨即知道來電者是媽媽。

「文海，最近好嗎？不要再掛我電話，我好想你。」

聽見媽媽熟悉的聲音，我好想哭，以為比較不想她了，其實並沒有。

「妳在那裡？手機為什麼打不通？什麼時候會回來？」

媽媽嘆了口氣：「換電話是不得已的，現在還不能去找你，還有一些事要處理，再等等我，我一定會來接你。」

「妳為什麼不跟阿公說實話，他會幫妳的，我們可以一起住在這裡啊，我現在比較習慣小村的生活了，也交到了好朋友。」

話筒那端的媽媽沉默許久才說：「你還小不會懂的。」

「妳怎麼知道我不懂，我不小了！」我吼著。

媽媽什麼都沒解釋，只說還會再打來，就掛電話了。

總是這樣，她什麼都不跟我說，也不解釋，就因爲覺得我還小，難道我永遠都不會長大嗎？放下電話，我忍不住哭出聲來。阿強舅舅安慰說：「給她一點時間處理吧，她有她的難處，多多體諒媽媽吧。」

「我能理解她在逃債，但有必要連我都躲嗎？爲什麼每次都是打電話到這裡來，而不是打到阿公家呢？她爲什麼不能跟阿公好好說清楚？阿公一定可以理解的。」

「其實……」阿強舅舅皺眉沉思，表情嚴肅，心中似乎在打量著什麼，望了我幾眼，欲言又止。他想了一會兒後才又開口：「有些事不是你想的那樣，背後有原因的，你聽了不要太吃驚，其實阿公並不是我和你媽媽的親生爸爸。」

「什麼意思？」我太震驚了，整個人愣住：「怎麼可能？你們不是他的小孩，可是阿公對我非常非常好，從來沒有把我當外人。」

猜過千萬種可能，但就是沒有這一個，舅舅丟來爆炸性的訊息，我很難接收。

這是一個悲傷的家庭故事，舅舅說他很不想提起這件事，對他和媽媽來說是很大的傷害，並在心裡留下了陰影，一輩子都在極力擺脫，但現在他覺得我應該可以理解了，而且為了不讓我誤解媽媽，於是決定說出真相。

他們很小的時候就搬到村子來，那時親生父母在小村裡開麵店，就是簡單陽春麵、餛飩麵，還簡單提供幾個小菜，雖然生意平平淡淡，基本生活還過得去。但沒想到爸爸染上賭博壞習慣，晚上麵攤收工後，他就偷溜出去，等媽媽發現不對勁時，已經欠下一屁股債。

為了還債，媽媽跟村子裡的媽媽們起了會，那個時候很流行這種方式，也叫做互助會，急需用錢的人出面當會頭，找親朋好友當會腳起會，大家每個月固定拿出一筆錢，讓得標的人使用，一方面算是強迫儲蓄，另方面也幫助了急需用錢的人。起初幾個月都很正常，媽媽還能付出會錢，但爸爸的洞實在太大，加上他不知悔改想從賭局中獲得翻盤，欠下的金額越來越龐大，根本無力償還，父母只好拋下他們連夜逃跑。

那時他們還在讀國小，什麼事都不懂，一夜之間爸爸媽媽突然不見，還留了一堆債務，根本不知道該怎麼辦才好。整件事後來鬧到鄉公所，村民希望有人能幫幫大家的忙，當時阿公是鄉公所的職員，是他出面安撫大家的情緒，並且想辦法找人。

說到這裡，阿強舅舅停下來，嘆了口很長的氣。

以為舅舅是個有點傻里傻氣的幼稚大人，其實不然，他只是把哀傷隱藏在心裡。媽媽應該也是不願想起這段往事吧，但很諷刺的她卻做了跟自己父母一樣的事。

我難過地說：「照這麼說，媽媽應該更了解我的心情啊，她怎麼能做出相同的事！」

舅舅拍了拍我的肩。

「警察後來在一家旅館裡找到我爸媽了，只是很遺憾他們都沒再醒過來，我和你媽就成了孤兒。」

「噢，不，怎麼是這樣。」我呆住了。

「阿公是好心人，後來收留我們，成了我們的監護人。」舅舅繼續說：「他們都不想讓你知道這些事，太悲傷，也太難堪。你媽媽從小就想成為有錢人，所以她離開村子到城市去，那裡才有賺大錢的機會，她從來都不想成為阿公的負擔，所以才始終保持距離，我們虧欠他太多了。現在又發生這個事情，我想她一定非常非常難過，也試著想找出解決辦法，所以請你多多體諒她好嗎？」

「她為什麼不說？如果我知道……」

「你還只是個孩子啊，她希望你人生是快樂的啊，不要像我們這樣。」

心情很複雜，心裡卻浮出另種恐慌，我擔心哽咽說：「媽媽會不會像你的爸媽，也就是我親生的阿公阿媽那樣不負責任走掉？」

「不會的！」舅舅斬釘截鐵地向我保證：「你媽媽不是那樣的人，她說會來接你，就一定會做到。」

那一瞬間我明白自己不能再流淚了。

不能再當幼稚的小孩。

真情的呼喚

12

暑假結束，但夏天還沒有走。

樹林裡的蟬聲依然響亮，校園裡的人聲也是，以往覺得刺耳吵雜，現在聽來卻無比和諧。最初我覺得小村沒有聲音，是個死氣沉沉的地方，其實我錯了，只是那時的我聽不見。

新學期開始我拉著李小智加入班級種蘿蔔小組，期待後續的醃蘿蔔乾製作，聽說準備拿來販售，籌措畢業旅行費用。雖然他課堂上還是繼續睡覺，但下課後一定準時到菜園報到。村長和有春嬸的老人食堂計畫據說秋天將會開始，但在這之前他們又「生」出了好多活動，每天都忙到不行。

沒跟阿公提舅舅告訴我的事，不知道如何開口，但也可能是潛意識裡不想改變關係，阿公如往常一邊忙自己的事，一邊照顧我，而且還買了新腳踏車，外型黑色酷酷的，他說：「男孩還是該有輛自己的車。」

「阿公，你不要對我這麼好。」

「我不對你好，那要對誰好，你是我的孫子啊！」

我感動得久久說不出話來。

騎著新腳踏車繼續跟阿公做彩鷸的田調與紀錄，覺得自己應該可以再多做點什麼。當初小寶野放後，我們每天都去報到，希望能認出牠來，但實在是太難，後來便放棄了，如今又過了好幾個月，阿公突然提議去看看。

然而正當我們經過早餐店時，老闆突然衝出來向我們揮手。

他興致勃勃拿出剛做好的漢堡：「土豬老師，文海，來試試我們的新口味。」

上次已經讓人讚不絕口，沒想到這次更讓人驚豔，我才咬了一口，泰式酸甜的滋味立刻湧了上來，酥脆的雞排口感加上洋蔥與生菜，味道平衡得剛剛好。

「好吃！」我說：「老闆，太厲害了！」

「我們休假時都跑到城市的早餐店試吃，真如文海所說，五花八門，各式各樣都有，覺得應該也要讓村子裡的人吃到，真的很謝謝你！」

老闆說完還再拿了兩個給我們，一直到我們離開，他都開心喊著：

「謝謝啦！」

阿公微笑說：「你做了件好事呢！」

我搖頭：「不，我很愧疚，那時每天去拿漢堡，都嫌棄說肉不好吃、菜不新鮮，還說是拿昨天剩下的漢堡嗎，但老闆沒有怪我，還說會想辦法讓我覺得好吃。」

「擁有寬容之心的人，日後會有好報。你不覺得早餐店的生意比以前更好了嗎？」

我回頭一望，確實是啊，早餐店門口排隊的人更多了。

收割季節結束，插秧的時候還沒來，這時稻田多是乾巴巴的，是一整年中最不美麗的時候，偶爾會有幾隻小白鷺或白腹秧雞經過，再來就是貓狗打架時也會往裡跑，除此之外，很少人會關注。

阿公說再過一陣子農家會撒上綠肥的種子，通常是田菁或是太陽麻，到時稻田又會變成綠油油一片，還會長出小黃花，遠遠看就像黃蝴蝶在綠林飛舞，又是另一種風景。農家會在插秧前再翻土，將這些植物全轉換成綠肥，土地不但得到喘息，也得到養分。而小寶野放的休耕田則依然如往昔，沒有變化，我們到達時一切都是靜悄悄的，阿公拿出望遠鏡給我：「你想看對吧？」

白鶺鴒「嗚哇—嗚哇—」唱著，珠頸斑鳩則「咕咕呱—」和著，但都只聞其聲不見其影。這邊鳥數目不多，大概都藏或躲在附近草梗或雜草叢，得仔細尋找，右側靠樹林田埂草叢邊隱約可見一對彩鷸公鳥和母鳥，這不可能是小寶，我試著再左右搜尋，卻什麼也沒瞧見。

「都沒看到什麼咧，去休息了嗎？」

阿公拿回望遠鏡仔細瞧，帶我到另一側的田邊。

「那邊有幾隻都是亞成鳥，已無尾絨，再過去一點有兩隻圍兜淡的，比較可能是小寶，但說真的我也不確定，牠或許正藏在那裡斜眼看著我們。」

我疑惑問：「阿公，當初你為什麼不幫小寶做個記號，或是繫上什麼環帶，這樣我們就能確定是不是牠了啊？」

「文海啊，小寶不是私人物品，我沒有權利幫牠做上任何記號，就像我們人也是一樣啊，孩子還小時，父母的責任就是幫助他們長大，等到有獨立能力時，就該放手飛了。」

「所以你就放手讓媽媽亂亂飛，飛到那去都不知道了。」

「她是成年人了呀，知道自己在做什麼，她也把你照顧得很好，不是嗎？我能做的就是築好一個窩，等她累了、倦了，就有地方可以回。你也是，文海，我永遠是你的後盾，但遇到困難時，你得自己突破。總有一天你會離開村子，飛到想去的地方，但我永遠會在這裡留一

個位置給你。」

阿公究竟是什麼樣的人呢？我好吃驚，總是能看穿我的心。

「阿公，你難道不能自私一點，做這些事，得到了什麼啊？」

「一個家啊，你們給了我一個家，那是身為孤兒的我，從來不曾擁有的。」

跟自己說過不可以

再哭，但面對這樣的阿公怎麼忍得住，我轉過身緊緊抱住他。

林間吹起一陣清風，輕輕掠過臉頰、髮絲，劃過衣角，晃了晃休耕田裡草叢，突然傳出熟悉 Gyou–Gyou– 聲，聽來不像哭泣，彷彿是在呼—呼—呼喚著。

後記

多年前朋友詢問能不能幫忙修改稿子，內容是鳥類生態紀實，雖然我對未接觸過的題材很有興趣，這個請求卻讓我再三猶豫，擔心無法勝任。但當我拿到影印手稿，看到娟秀字體與細膩鋼筆畫，什麼顧慮都沒有了。

作者余遠猛老師是舊識但不熟，只知道他住在離我不遠的深溝村，喜歡鳥兒和畫畫。這份手稿是他在一九九九年間寫下的，是臺灣有史以來第一次利用人工方式救養彩鷸寶寶的詳實紀錄，但或許是過於冷門，始終得不到出版青睞，我接獲的任務就是想辦法釐清故事線，並讓科普知識變得可親。就這樣我和故事主角彩鷸寶寶相處了近一年，這段期間余老師偶爾送稿來，總會站在我家附近水田旁，從背心口袋掏出望遠鏡，指著不遠處微微凸起的小土堆說：「看！就在那裡呀！彩鷸爸爸帶著三個寶寶呢。」就如同小說裡阿公跟文海介紹彩鷸的場景。

余老師對彩鷸情有獨鍾，三十八年來從未間斷生態記錄，在他頂樓書房裡就有如小說中描述滿牆的數字紀錄，第一次見到時十分震撼，也深深感到佩服與動容。無論如何，一定要完成老師的心願，讓故事能與大家見面，是我當時唯一的念頭。經過一年多的努力，又獲得支援，余老師等了二十三年的心願總算實現，見他拿著書喜悅感動笑著，我的心情就跟參加村民大會的文海一樣，激盪澎湃。想再做點什麼，想把感動傳達出來，透過文字是我能做的唯一方法，也是這本小說萌生的初衷。

彩鷸的多寡也象徵了稻田的盛衰，鄉村的界線一直在後退，種植面積不斷縮減，遠村人口也仍在流失中，留下來的人彷彿被遺忘了，這不僅僅是一個小村的故事，或彩鷸寶寶的故事，也是一個從被遺忘中找回自己的故事。小說中地點參考了員山鄉數個小村的模樣，我經常騎車、開車在之間往返取景，也愛上這些地方，而書中人物的雛形也來自周遭認識與不認識的朋友們，情節、事件多為轉述、訪談或資料記載，但都經過調整刪減，雖說真實世界沒有文海，也沒有阿公，但他們的故事卻是可能發生的。愛絕對能感受到，只要願意付出。

動筆寫稿時稻田剛收割，到處都是稻禾與烈日的曝曬味，沒多久有的農田種起綠肥，有的則呈現水田光景，彩鷸就多了起來，我總是趁伸懶腰時，數著找到了幾隻，耳邊就聽見文海賭氣說：「看起來土土的，又不漂亮！」宜蘭農田農曆年後開始插秧，彩鷸們到處被驅趕，只能到休耕田再築一個家，這時就想起阿公的話，佩服牠們遇到逆境仍然很努力。

直到現在，故事完結了，但彷彿還能聽見小寶呼──呼──喊著，由衷希望你們也聽見了。

陳維鸝 於二〇二三年七月

九歌少兒書房 295

遠村鳥事多

國家圖書館出版品預行編目 (CIP) 資料

遠村鳥事多 / 陳維鸚著 ; 許育榮圖 . -- 初版 . -- 臺北市 :
九歌出版社有限公司 , 2023.08
　面 ;　公分 . -- (九歌少兒書房 ; 295)
ISBN 978-986-450-584-5(平裝)
863.596　　112010664

著　　者——陳維鸚
繪　　者——許育榮
責任編輯——鍾欣純
創 辦 人——蔡文甫
發 行 人——蔡澤玉
出　　版——九歌出版社有限公司
臺北市 105 八德路 3 段 12 巷 57 弄 40 號
電話／02-25776564・傳真／02-25789205
郵政劃撥／0112295-1

九歌文學網　www.chiuko.com.tw

印　　刷——晨捷印製股份有限公司
法律顧問——龍躍天律師 ・ 蕭雄淋律師 ・ 董安丹律師
初　　版——2023 年 8 月
定　　價——320 元
書　　號——0170290
I S B N——978-986-450-584-5
9789864505906（PDF）